ヤマケイ文庫

ヒグマとの戦い

ある老狩人の手記

Nishimura Takeshige 西村武重

Y. L.
Yamakei Library

祖父・西村武重について

西村 穣

私が物心ついた頃、祖父は高山植物の盆栽好きなじいちゃんであり、大正から昭和にかけて根室原野を駆け巡り冒険をしていたのを知るのはもう少し先のことだ。

二〇一六年に養老牛温泉百年のイベントが開催された。一九一六（大正五）年は祖父が養老牛温泉に初めて足を踏み入れた年である。標茶町虹別に住んでいたアイヌ民族の長である榛《はしばみ》幸太郎（孝太郎）氏から温泉の存在を聞き、標津川の支流であるパウシベツ川沿いの温泉（現在のカラマツの湯のあたり）、翌日に現養老牛温泉を踏破した。どちらもヒグマの頭骨がたくさんあり、古くからアイヌの祭り場に使われていたことが推測されたという。当時、虹別アイヌはパウシベツ川側を利用していて、現所在地がすでに使われていなかったことが開発を決めることになったのではと思われる。

それから温泉の証明と許可を得るため三度、札幌へ湯を運ぶこととなる。一度目は

1916（大正5）年、西村武重

ブリキ缶で持参のため却下、二度目は瓶に入れたがトウキビの芯で栓をしたため却下、三度目にコルク栓でようやく許可となった。日付が大正十年であるから足掛け五年、温泉水を担いで虹別へ、さらに馬で標茶へ、標茶からは船で釧路川を下る。釧路からようやく汽車に乗り、札幌に着くのは三日後だと聞いた。

一九二〇（大正九）年に旅館を建て、私費で道路を造る。今では考えられないような行動力であり、パワーである。しかし、戦争が激しくなり旅館を手放すことになる。

百年前の祖父は野山を縦横無尽に駆け巡り、狩猟に釣り、温泉開発、鉱山発掘などフロンティアマンとしてその時代を生きていた。この際だと思い祖父の冒険談を読み返してみた。ヒグマに関しては、一度の狩りで三頭獲ったのは三度あるようで、写真（六ページ）はそのなかの一枚だ。

ヒグマ猟の話は父からも聞いたが、とにかくひたすら山の中を歩いて探して追うのだ。毎日毎日標津岳の裏までスキーで通う。一週間ほど手掛かりがないとさすがに疲れてきて二、三日休み、そしてまた始める。その距離を知る私としては、あの行程をそれも毎日、どれだけの体力と根性かと、いやそれよりも楽しいのだ。祖父によるとさらに距離は長く、それも山中泊だ。現代にそんなことをする者がいたのならきっと変人扱いされるにちがいない。

アイヌから聞いたというヒグマ猟の法螺話も面白い。酒を飲みながら自慢話をするのは古今東西変わらない。

山中で近くにヒグマがいたり通ったすぐあとは野獣のにおいがする。一度は羆猟に同行したときで、私は銃を扱わないがハンターがすぐ近くにいたので少し安心だった。もう一度は釣りをしているときで、すぐさま爆竹を取り出しひたすら鳴らし続けたことがある。

ヤマベ釣りは楽しい。ヒグマは?と心配されるが、いったん釣り竿を持つと勇気百倍、銃器にも勝る、どんな山奥にでも行ける。つい深追いして時間を費やしてしまうのは血だろうか。ただし竿をたたんで歩く帰り道は少し怖い。

私は何匹釣れたか数えるが、祖父は何貫目釣れたと。一日いっぱい釣っていたら魚が傷むのではないかと思うが、川べりの砂の中に埋めて帰りにそれを回収するのだ。祖母の話では、莚《むしろ》いっぱいのヤマベを一晩かけて処理したことがある。

我が家の大ヤマベの記録は父の釣った二十九センチが最高だ。祖父の記録は尺ヤマべという言葉で残っている。現在では林道の発達もありほとんどの大小河川に釣り人が入るので、そんな大物に出会うことはない。ただし、何年かまったく人の立入らない川があればだが、大物はいる。あれば行ってみたいものだ、百年前の気分が味わえる。

一九二一（大正十）年十二月二十五日、武佐岳にて。前列左が西村武重

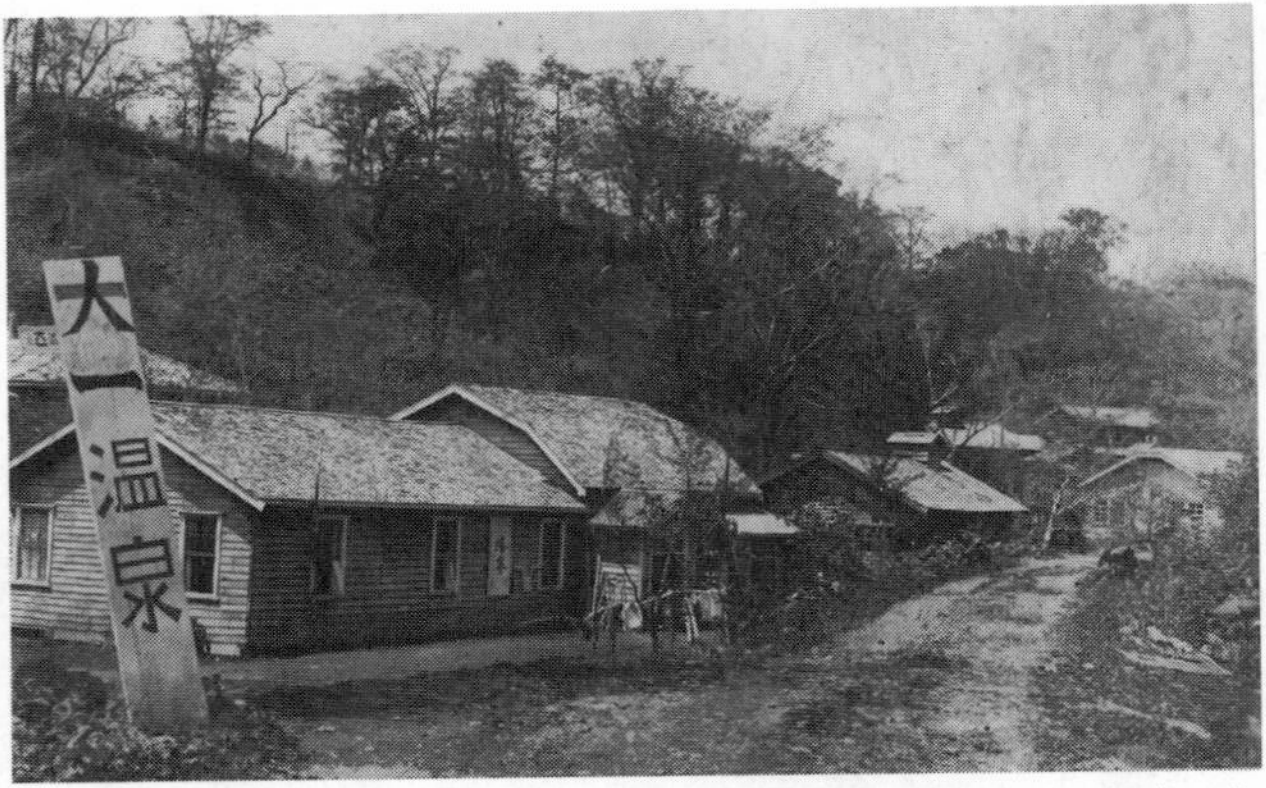

昭和初期の養老牛温泉。手前左は小山温泉、奥が西村旅館、大一温泉は左奥（現在は養老牛温泉で「湯宿だいいち」として唯一営業）

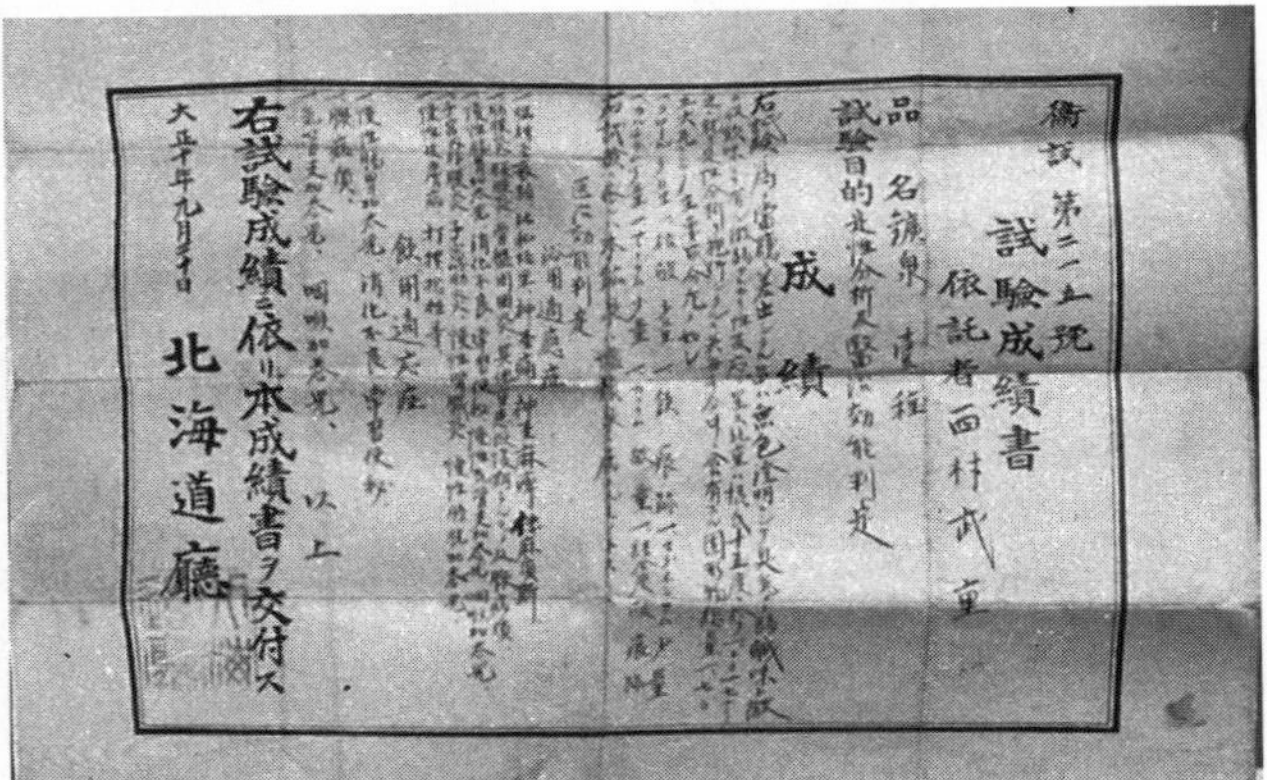

衛試第二一五號

試驗成績書

依託者 西村武重

品名 鑛泉 壹種

試驗目的 土性分析及醫治効能判定

成績

右試驗成績ニ依リ本成績書ヲ交付ス

北海道廳

西村武重　試験（温泉）成績書

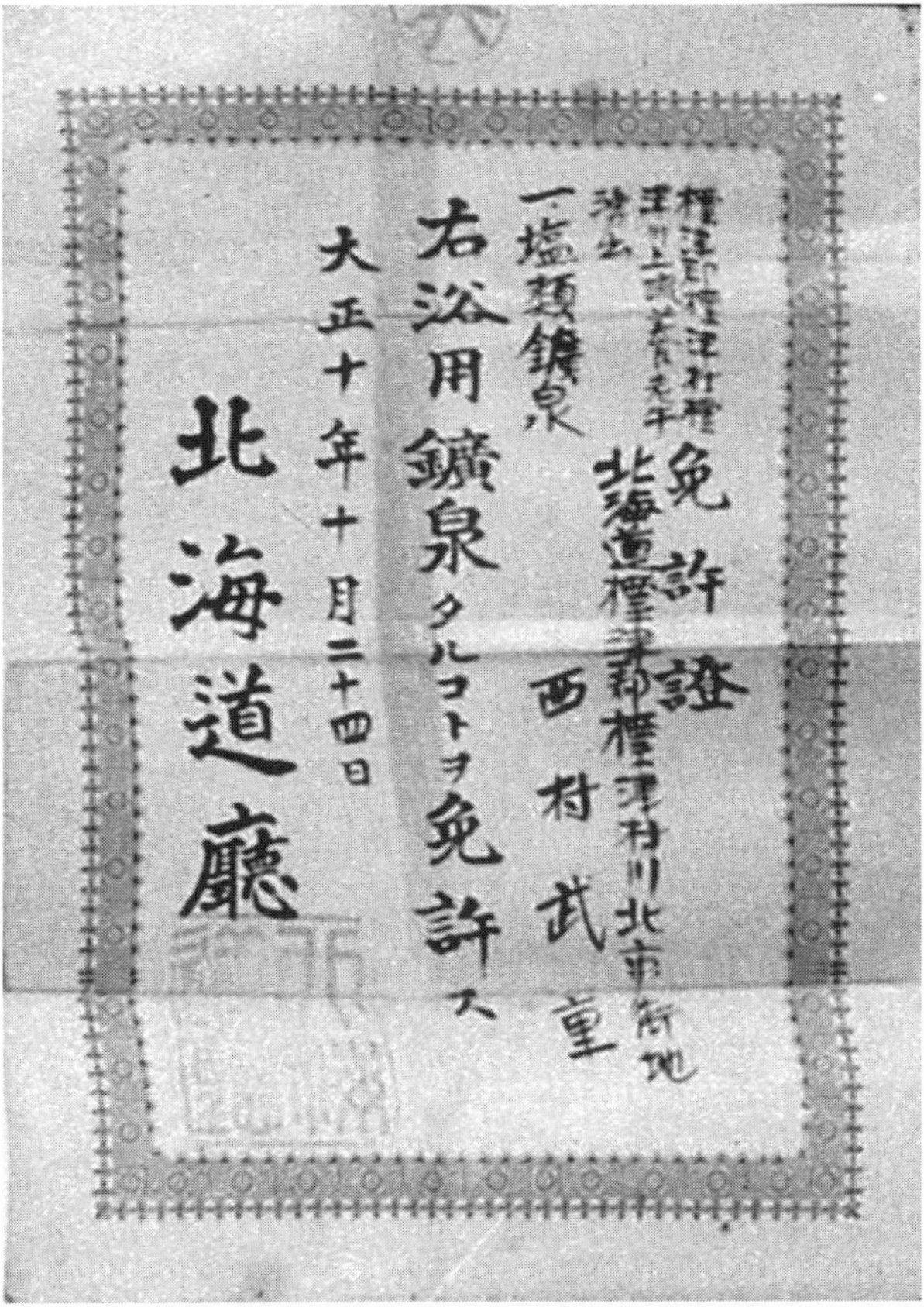

試験（温泉）免許證

イトウの話は面白い。川を渡ろうとして丸太だと思い足を乗せたら魚だったとか、十尺もある大イトウを見たなど、三メートルだよ、だんだんロストワールド化してくる……。でも、話半分としても一・五メートル、はまんざら法螺でもない。釣ったイトウの腹から動物の死骸が出てきて祖母が腰を抜かしたというのは我が家の実話として残っている。

祖父には伝説がある。ヤマベ釣りではイクラを口にくわえたまま釣り鉤を通す、釣れたヤマベは魚籠《びく》の前で自動的に釣り鉤から外れ、まるで流れ作業のようだと。私も釣りをするがさすがに及ばない。でも、当時の温泉旅館で出していたヤマベ料理の伝統をしっかり守っている。正月には大型ヤマベの甘露煮、小さなヤマベは素揚して甘辛のタレをからめる。オショロコマをあぶった骨酒は絶品である。私の引き継いだのはそのくらいだ。

祖父は、茶の間の南角に書斎場を陣取り、背中を丸めいつも何かを書いていた。本の執筆とは知らなかったのだが、ガンの風切り羽根やノウサギの足を使った消しゴムクリーナー、下書きはデパートの包み紙の裏を再利用していた。自身の楽しんだ内容は本書のとおりだが、大正年間からの日々の記録が残っているので、いつか読んでみたい。

標津川のイトウ（当幌小学校記念誌『蛍雪五十年』（1972（昭和47）年3月発行）に掲載）

書斎で執筆する西村武重

アイヌから聞いた伝説がふたつあり、「モアン川の悲恋」はとてもいい話。よく残してくれたと思う。忠類《ちゅうるい》川の財宝伝説「朝日さす、夕日さす」は今も謎のままなのだが、もう少し詳しく聞いておくのだった。

私の書棚には祖父のサインが入った本が数冊並んでいる、宝物だ。たまに何かで知った方から問い合わせがあり、五十年も前の本を読んでくださる方がいるのだと嬉しくなる。

当時は本州からの入植者による開拓の鍬が入り始めた頃である。トラクターも重機もない、馬と人間による開墾であり、どのくらい大変であったか想像を絶する。機械化が進んだのは一九六五（昭和四十）年近くになってからである。「先人たちの努力と苦労」という言葉がいまだに使われるが、私の父が移住二世、私が三世でその頃の状況を伝えるには十分だ。現在の中標津市街地は一万戸を超えるが、一九一六（大正五）年の二戸八名居住という記録を残したのは祖父の観察として最高のひとつだ。

祖父は中標津の分村直後の議会議員になっている。また、駅逓《えきてい》管理人をはじめ保司など多くの公職に就いている。民間的には格子状の防風林形成のための苗木生産をはじめ父の仕事を確立する土台をつくった。趣味に仕事に地域発展にと生きがいは多かった。

本書の文庫化は、二月に山と溪谷社の鈴木幸成さんより連絡があり、実現しました。突然でかなり驚きましたが、もちろんそれ以上何十倍もの喜びです。発掘していただいた鈴木さんに心より感謝いたします。併せてお読みいただいた皆さんに、百年前の根室原野を駆け巡った祖父の冒険談の楽しさが伝わると幸いです。

二〇二一年四月　（にしむら・ゆたか／著者の孫）

目次

尾岱沼と野付岬

養老牛温泉を中心として

まえがき

私の叔父（北海道石狩郡当別村）が狩猟家であったので、私の家（札幌郡篠路村）へ訪れると、大きなガンやカモ、ウサギなどをおみやげに時々持って来た。私はおとなになったら狩人になろうと思った。

徴兵検査がすみ満二十一歳で狩猟免状を受けた。そしてとうとう三度のめしよりも好きな猟をすることになったというわけ。

大正二年の冬、現在北海道の空の玄関口、千歳市、千歳川へカモ撃ちに行った。往時千歳は札幌と室蘭を結ぶ唯一の街道筋の宿場で、人家僅か十数戸、千歳川橋の両袂にとびとび建っていた。上流の千歳孵化場までの川の両岸には、カヤぶきのアイヌの小屋が、鬱蒼たる樹林下に、こぢんまりと隠見していた。清流にはサケの群れがひしめき合い、カモ猟は好調であった。

次の年、天塩国和寒村へカワウソ撃ちに出猟した。土地の猟友の話により根室へ足は向いた。気候不順の原野では農業は不可能とされて、三十数万町歩の大平原が放置されていた。したがって狩猟場としては天下一であった。

私はついに、ヨローウシの出湯に魅せられて腰を据え、思う存分未開の処女林野内に鳥獣を追った。西別川のほとり虹別シュワンに、二十数戸アイヌの集落があった。酋長 榛《はしばみ》幸太郎とはたびたび顔を合しているうちに、親交を深めた。私のぎこちない猟法を批判して、彼独特のヒグマとかキツネ狩りの秘法を教えてくれた。すなわち私の狩猟は幸太郎の直伝というわけである。またヤマベ釣りとその調製法は、メノコより手を取って教えてもらったものである。

戦時中友人と、四国の愛媛県金砂村押淵で金属鉱山と、富郷村猿田でアンチモン鉱山の試掘をやったが、寸暇をさいて高知県境の峻嶺にイノシシを狩り、銅山川でアメゴを釣るなどして好きな道はやめられなかった。

私は、明治四十四年より今日に至るまでほとんど一生を、未開の森林渓谷を探して、狩猟と釣りに費したようなもので、最早《もはや》人生の終着駅にあり気息奄奄《きそくえんえん》たる老爺となってしまった。この本にあるものは大正から昭和にかけての若き時代の思い出の昔話である。

ヒグマとの戦い——その1

風蓮原野のヒグマ

風蓮湖にそそぐ風蓮川沿いの密林のなかにヒグマがたくさん棲んでいる。そのヒグマが近くの牛馬を襲い、被害は年々莫大な額に達した。

この一帯は広大な牧場地帯で、根室町の中島牧場、柳田牧場、⌉万《かねまん》牧場、⌉力《かねか》牧場、坂本牧場など、一牧場二、三千町歩から、二、三万町歩におよぶ大牧場がつらなっている。あたりは密林から密林へとつづき、そのなかに川あり、野地あり、湿地あり、段丘ありで、それこそヒグマの巣窟といってよいほど、これらの牧場内にはヒグマがいるのである。

ヒグマは牧場内に穴を掘って冬籠りし、春には子連れの親子となって牧場内を荒らしまくるという。馬の牧場やらヒグマの牧場やらわからないくらい、ヒグマと馬との追いつ追われつの状態である。

これらの牧場の付近に、私の友人、長吉という男が主畜農業で、副業に炭焼きをやっていた。

ある夏、牧場へ放牧した農耕馬がどこへいったか行方不明になった。そこで自分の牧場内はもとより隣接牧場まで数日間探しまわってようやく発見したのが、そのときはもうヒグマに喰い荒らされた無残な残骸であった。

長吉は近所の友人の応援を得て、ヒグマ退治に古い村田銃を携えて出かけた。

真夏の草木の生い茂った密林内を用心しながら馬の残骸のところへいった。肉はほとんど喰いつくされ、腐敗した悪臭がプンプンと鼻をつく。ヒグマはたしかこの臭いのする間は近くに隠れているに違いない——と、一同はそれぞれ警戒につとめた。長吉は先頭に立ってヒグマの足跡、雑草を踏み倒したヒグマのとおった径《みち》を追っていき、他の三人はそれぞれ間隔をおいてつづいた。

しかし、この人たちはヒグマを撃ったことのない素人の鉄砲撃ちである。おそるおそる五メートル先も見わけられない草木の密生地へはいってそこでヒグマを撃とうというのだから、これほど向う見ずな危険はない。しかも、その鉄砲が不発であったり、ケースがぬけなかったりするシロモノで、それを後生大事に握りしめてヒグマ撃ちというのだから、盲蛇におじずもはなはだしい。

長吉は高くのびているカヤ、ヨシをおしわけ、すかして見ながらただひたすらにヒグマのいった径ばかりを追った。前方にばかり全身の気持を集中して徐々に進んでいったとき、まったく思いがけないことがおこった。

不意に径の横側からヒグマが猛然と躍りかかってきたのだ。そして、あっというまにかみ倒されてしまった。

それを十二、三メートル後からついてきた三人が見て、とつぜんの惨劇にびっくり仰天してしまった。自分たちが鉄砲を持っていることも忘れ、一度に度肝をぬかれておじけづいた。その一人は後も見ずに逃げだした。他の二人もそうなると、同じように一目散に逃げた。

だが、二、三メートルも夢中で逃げたところで、三人は少し冷静さをとり戻し、相談のうえ、長吉がどうなったか、このまま見捨てて逃げるわけにもいかないと話し合った。

おそるおそる後戻りし、ヒグマを威嚇するために、かわるがわるダーン、ダーンと発砲しながら長吉のやられた場所へ戻ってみた。しかし、そこにはもうヒグマはもとより長吉の姿も見あたらなかった。ただ長吉の被っていた鳥打帽子が落ちており、真っ赤な血がそこら一面の野地坊主《やちぼうず》や草や地面に気味わるくとび散って、目をおおうばかりのものすごいありさまであった。

長吉の村田銃はくの字に折り曲げられて、そばの草の茂みのなかへ投げこまれていた。拾いあげてみると、引き金は落としてあったが不発だったのだ。

三人は口もきけず、ただ目と目を見あわせて、もはや声をだすこともできない。お互いに真っ青な顔になり、全身が無意識にガタガタ、ブルブルとふるえてとまらなかった。とにかく長吉を探さねば——と心ばかりはやるが、十メートル先も見えないような草の茂みのなかへ、とても三人だけでは恐ろしくてはいっていくことはできない。

三人はようやくわれにかえり、協議のうえ、ひとまず部落へ帰って人数を集めてこようと急いで戻り、この大事件を急報した。たちまち部落総出の大がかりなヒグマ狩りとなった。三十数人の大部隊は、乗馬に、徒歩にとわかれ、鉄砲所持者は鉄砲を、ない者は手斧、マサカリ、山刀など思い思いの武器を持って遭難現場へ急行した。

彼らは数千町歩にわたる大牧場内の密林を手わけして探しまわり、朝から夕方まで捜索の線をひろげた。そのうちにササ原のなかから足が一本ぬっとつきでているのを発見。ここに長吉の無残な姿を探しあてた。一同はヒグマの残虐さにただ呆然とするばかりで、だれ一人声をだす者もなく、瞑目合掌《めいもくがっしょう》して涙を流した。

内臓は喰いつくされ、頭骨はかみ砕かれ、腰や太腿の肉はなく、骨ばかりであった。まさに二目と見られぬ変わりはてた長吉の姿だった。

念のいったことには、ヒグマはこの残骸へ青草を根こそぎむしりとって被せ、土まで掻きおこして、ちょうど土葬のようにして隠してあった。その手のこんだやりかたには、人々はただ舌をまくばかりだった。

ヒグマは、タカやカラス、フクロウなどに横どりされないように用心したのだ——と、物知りの古老が説明していた。

捜索隊は死体の収容と長吉の仇討ちとに分散して、いよいよ本腰のヒグマ狩りにとりかかった。部落外の人々も、おいおいと伝えきいて応援に駆けつけ、五、六十人もの多勢になった。さすがにその力はつよく、ついに逃げまどうヒグマを取り囲み、数十発もの乱射でヒグマの巨体はハチの巣のように穴だらけとなって撃ちとめられた。解剖すると、胃袋や大腸内からいま喰ったばかりの肉のカタマリが、コロコロッと転がり落ちた。これは長吉のからだの一片一片であった。

長吉たちはヒグマの習性を知らずに、夏の密林内へ無鉄砲にヒグマ撃ちにいったのが間違いであった。

ヒグマが一直線に前方へいったと思っても、けっして前後左右に気を許してはならない。前方に径が見えていても、彼はいつその径の横とか後方とかにまわってきているかわからないのである。追跡する者はただ足跡ばかり見て追っていくのだが、それがとんでもない危険を招く。利口といわれるヒグマはこれを計算して、いつのまにか人間の追ってくる横側に隠れて待機し、いきなり跳びかかってくるのである。

牧場の馬などは、ヒグマにあっても、あの駿足で逃げてしまえばなんでもないのに、馬の習性の悲しさで、一度見たおっかないものはもう一度よく見ようと、またもとの径をビクビクしながら後戻りしてくる。しかも、大きな荒い鼻息を鳴らしながら――。

ヒグマはそれをちゃんと予測していて、馬のくる径の横の風倒木かなにかに姿を隠し、待ちかまえているのだ。そして目の前に馬が知らずにくると躍りかかり、まんまと餌食にしてしまう。こんな例は根室原野ではいくらでもある。

こんなふうに、ヒグマは頭がよいというのか利口というのか、ときどき人間をおどろかすようなことをすることがあった。

標津海岸の茶志骨《ちゃしこつ》に、チャランケ、チャシというアイヌの古跡がある。そこが牧場の一部になっているが、ある年、放牧中の馬をヒグマが喰い殺し、やはり死骸に草や土をかぶせてわからないように隠してあった。それを馬を探していたときに発見した。

馬主は、さっそくヒグマどり用の大トラバサミを仕掛けた。トラバサミを包んで背負っていった莚は、人の臭いがするので、ヒグマに感づかれないよう百メートルも離れたところへ捨てて帰った。

ところが、なか一日おいて結果やいかんといってみると、遠くへ捨てた莚が馬の死体に仕掛けたトラバサミにかぶせてあり、残りの馬の肉はあとかたもなく喰いつくされていた。

この人を小バカにしたヒグマのしわざには、さすがの馬主も、あいた口がふさがらなかったという話である。

牧場のギャング

忘れもしない昭和二十二年八月のことである。

根室原野の養老牛温泉の奥のほうに、養老牛牛馬共同放牧場がある。三千町歩にわたるこの牧場は、標津国有林野の貸付けを受け、付近の農場の牛馬を放牧していた。畜主が交替で看守をしていたのである。

ところが、牧場内の馬が五、六頭、どこへいっているのか、さっぱり姿を見せないという騒ぎがおきた。そこで馬主が総出動して、この行方不明の馬を探すことになった。徒歩の者、乗馬の者、思い思いに広い森林の牧場内を、あるいは奥深く、あるいは川筋、峰つづき、渓谷へと、三々五々組をつくってはいっていった。

各組には一人ずつ鉄砲を持った者が加わることになった。私はこの共同牧場の組合長だったので、これらの人たちを指揮するかたちとなり、愛銃ウインチェスター十五連を携えていった。

私はサラブレッド種の愛馬、花霞号に乗り、牧場を縦横無尽に速歩で駆けまわった。ときには生い茂る樹枝で危うく目をはじかれかかったり、帽子をもぎとられかかったりしながら、風倒木を軽く跳び越えたり、小川を跳躍したりした。さらに標津川本流の浅瀬を徒歩したり、軽快な足なみで奥へ奥へと、迷子馬を探しながらわけいっていった。

私たちの班は、三人とも乗馬だった。それぞれ自慢の馬だが、競走馬ではないから、ペルシュロン種あり、トロッタ種ありで、馬も人も汗ばんでいた。広大な牧場のなかをあちらこちらと探しまわったが、探し求める迷子馬は一頭も姿を見せない。

ちょうど、われわれが養老の滝の上へでたとき、先頭にいた私の馬が急に立ちどまり、鋭く耳を立て、首を高くあげてフウッー、フウッーと荒い鼻息を鳴らして、前方の密林のなかを見つめながら、一歩二歩と後ずさりしはじめた。後からきた仲間の馬も同じように尻ごみして、鞭をあてても前進しようとはしない。勘の鋭い馬どもは、早くも身に危険を感じたのに違いなかった。

私はとっさに「ヒグマがいるぞッ」と、うしろの者に早口で告げ、素早く肩にかけていた銃をおろして身構えた。

そのとき、五、六尺も伸びたクマザサがガサガサッとざわめき、そのなかを音をたてて真一文字に逃げていくものがあった。馬上からさえ、姿は少しも見ることができなかった。ほとんど一瞬のことで、物音とともにその怪物は密林の奥へ吸いこまれてしまった。

たしかにヒグマだ——！

われわれはすぐ追いかけようと馬をせきたてたが、おじけづいた馬は尻ごみする一方。気があせるばかりだった。

しかたなく馬をおり、怪物の動いたところを偵察することにした。大ザサのなかへわけいってみると、そこに青毛の馬が無残にも喰い殺されており、腹が引き裂かれて内臓は喰いつくされていた。実に惨憺たるありさまだ。これはだれの馬だろうか——と、特徴（たとえば、額に天星《てんほし》だとか、流星だとか、あるいは足首前後が一本白とか、二本白とか）をよく調べたところ、小坂という者の馬で、ときの優良種牝馬として農林省指定の逸物。時価二十万円を超すものであった。

私は残念で残念でたまらなかった。ヒグマに遭遇しながら、一発も弾丸を見舞うこともなく、呆然と見過ごした不手際だったからである。しかし、姿を見ることができなかったのだから、まあ、くやしがってもしかたがない。

とにかく、真夏の繁茂した密林のなかへは、いくら生命知らずでもウカウカと追跡は無理というもの。ひとまず引きあげて組合員一同と対策をねることにしよう——と、三人はきめた。

そして、広い牧場内を思い思いに捜索に懸命になっている人たちを呼び集めた。夕方、ようやく私の経営する温泉場へ帰ってきて、各々が状況を報告しあった。その結果を総合すると、十一頭の馬の死骸が発見されたのである。すでに一ヵ月以前にかみ殺されて白骨となった馬の足一本を証拠に持ち帰ってきたもの。頭蓋骨、四肢がバラバラに散らばり、肉が腐乱してウジ虫がウヨウヨしているもの。殺されて幾日もたっていないもの。さらにキツネやカラスについばまれつつあるもの……等々、実に牧場内は大荒れに荒らされ、死骸は累々という惨状となっていたのだ。

それを今日まで、百二十人もの組合員がだれ一人として知らなかったというわけで、われわれとしてもまことにずさんな牧場の運営に唖然とし、後悔もしたものであった。つまり交互の看守とはいえ、牧場の入口方面だけをチョコチョコと巡視していたわけで、天罰てきめん、だれを恨むべくもないことである。

われわれは、まったく思いがけないこの惨状、大被害にびっくり仰天——。組合長として、私は責任が重くのしかかるのをおぼえたが、しかし、いまそんなことをいっている場合ではなかった。

牧場内にはまだ百数十頭の馬がはいっている。いまからでもひとまず全部の馬を牧場からだしてしまうか、それともヒグマ退治を部落総出でやるか――。諸説紛々《しょせつふんぷん》、甲論乙駁《こうろんおつばく》でなかなかきまらない。部落総出でヒグマ狩りをして、もしだれかがヒグマに喰われたり怪我でもしたらどうするという自重論もでた。が、結局は、ヒグマ一頭につき一万円の懸賞金つきにしようと、虻別在住の元アイヌの酋長、榛《はしばみ》幸太郎に通知し、きてもらって相談することにして、その交渉係などをきめて散会した。

翌日、私は狩猟家の立場からこのヒグマ狩りの第一線に立つことになり、近所から馳せ参じた五人の狩猟家たちと隊伍をととのえた。そして鉄砲を持った者以外は、いっさい山内立ちいり厳禁ときめ、二人ずつ三班に分かれて行動することになった。

私は昨日発見したヒグマが逃げていった方向へと、今日は徒歩で出発した。用心深く、各々がただ黙々と、咳ひとつせず、全身これ耳といった慎重さで進んだ。

昨日見つけた馬の死骸はまた夜になって再びヒグマがでてきて喰ったとみえ、肋骨はかみきられ、大量に肉が減っていた。一晩でずいぶんよく喰うものだとあきれてしまったくらいである。

ヒグマのヤツは、今日は肉をたらふく喰った後なので、どこかに隠れて残りの肉の見張りをしているに違いない。自分でせしめたご馳走を他人に盗まれては大変だから、遠くない場所で番をしている。これがヒグマの習性なのだ。

われわれの組は、四十メートルぐらいの間隔をたもって横隊になり、緊張そのもので、生い茂った藪のなかへ物音をたてずに突進する。大ザサは頭もでないくらいに深くかぶさり、猟友の所在さえときどき見失ってしまう。声をだすことは禁物だ。しかたなく、様子をたしかめるために停止して耳を澄ましては、ササ原をわけていくかすかな音を探る以外ない。

急に間近でガサガサと大きな音がするので、ヒグマか——と銃をかまえると、猟友が私を探しているのにおどろかされることが度重なった。お互いに危ないなッと感じつつ注意する。そのうち、とうとうわれわれ二人は別れてしまい、どこへいったのやら、さっぱり見当がつかなくなってしまった。

しかし、私はこの牧場内の密林はどこへいっても見おぼえがあるので、迷ったりする心配は全然ない。私は温泉いりした大正五年から、山内へ春夏秋冬、足をいれない季節はないくらい歩きまわっている。大げさにいえば、自分の庭のなかにいるのと変わりないのである。

私はただ一人ヒグマを求めて、奥へ奥へと何時間も歩きつづけた。そのうち、ふと目にはいったのが標津川本流の川岸である。ナナツバの黄金色の先がゆらゆら揺れ動いているのを見つけたのだ。

ヒグマだ——と直感した。

しめた、こんなところにいやがったのか、ずいぶん探したものだ、と思った。距離は百六十メートルぐらい、パリッ、パリッと枯枝などを踏み折って歩いているのだ。ザワッ、ザワッと、フキやナナツバ、ボーナなども踏みつけていくのである。姿は見えないが、絶対にヒグマに間違いなかった。

どこか小高い丘に立ってよく見えるところから射撃しようと、私はあたりを見まわしたが、格好の場所はなかった。ここで身動きしては勘づかれるおそれもあるので、むやみには動けない。が、射撃するときの小楯として、シラカバの大木の幹にかがみこんだ。

よく見ると、幸いにもヒグマはだんだんとこちらに向かってくる。待てば海路の日和とやら、ウマイゾ、ウマイゾと内心喜んで待機。一発で撃ち倒した瞬間の快感を胸算用していた。めざすヒグマは、アイヌたちが山の神とあがめているそうだが、恐るべきウインチェスターの銃口に狙われているとは、神ならぬ身の知るよしもない。

ササ原をくぐって、六十メートル、四十メートル、刻々と接近してくる獲物。私は銃をかたく握りしめ、いまか、いまかと待った。姿が見え次第、火蓋をきって落とそうと息をのんで身構えていたのだ。

そのとき、チラッと私の瞳に赤褐色のものが見えた。背中か頭かわからぬものがあらわれたのだ。ハッと引き金に指を触れようとした瞬間、その物体は忽然と叢林《そうりん》のなかへ消え去ってしまった。しまった——と舌うちして、次にあらわれる機会を狙っていた。すると、はたして黒い頭が見えかかってきた。よしッ、いまだ！　私は黒い頭に慎重な狙いをつけて深く息を吸いこみ、一瞬引き金を引こうとした。だが、そのほんの髪の毛一筋の違いで、私はアッと絶叫せざるをえなかった。

草むらの間から頭をだしたのは人間だった。私たちの組の者ではないか！

私は一時にからだじゅうの血潮が逆流するのではないかと思うほどびっくり仰天した。それこそ胆っ玉がデングリ返るほどの恐怖におそれおののいたのだ。なにしろ、てっきりヒグマとのみ思いこんで、ジリジリといらだつ心をおし鎮めて待っており、獲物を息をつかないで狙っていたのだから——。

彼もまた、私がとつぜん叫び声をあげたので、よほど驚いたらしく「あッ、びっくりした！」と大声をだしたものである。彼のほうでも、私が木を揺り動かしていたので、ヒグマと思って接近してきたのだという。もしも、どちらかが一瞬早まっていたら、私か、あるいは彼が射殺されたところであったろう。

私は木の根もとにしゃがんでいたので、まず撃たれることはなかったろうが、引き金に指をかけていたので、ほんとうに一秒の何分の一かの差で、殺人者にならずに助かった。あのとき、一呼吸早く引き金を引いていたら、猟友の頭蓋骨を粉砕して殺人の大罪を犯すところだった。それを思うとゾッと全身がふるえた。

猟友にこの恐るべき瞬間の顛末を話す勇気はなかったが、私の生命あるかぎり、いつまでもこの一瞬は忘れられないだろう。

――探すヒグマはどこへもぐったものやら、カゲもカタチもなかった。

われわれは相談のうえ、時刻も遅くなっているのでヒグマ狩りを中止して引き返すことになった。私は今日の行動、さっきの恐怖に毒気をぬかれてしまい、真夏のヒグマ狩りはもうコリゴリだと痛感した。

せっかく釧路国標茶から偵察にきてくれたヒグマどりの名人といわれるアイヌも、こんな山奥のヒグマ撃ちはごめんだといわんばかりに、牧場内を一巡しただけで退散してしまった。

また虹別シュワンの元酋長、榛幸太郎も見にきてくれたが、牧場内を見まわって馬道にヒグマの足跡が残っているのを見つけると、「こいつはなかなか人に慣れている、ずるいやつだ」と説明した。しかし、一万円の懸賞金は不足なのか、それとも撃ちとる公算がたたないと判断したのか、一泊もせずに帰っていった。

たのみの綱も切れ、まさに万策つきたわれわれは最後の手段として、ときの根室畜産組合を通じて某所よりストリキニーネを手にいれることができ、喰い残しの馬の死体に仕込んでおいた。そしてそれから一週間目に、雄雌二頭の大ヒグマが頭を並べて倒れているのを発見した。

これで春から人の知らぬまに牧場内を荒らしまわっていた山のギャングもめでたく退治でき、各々の愛馬の仇討ちができて組合員をホッとさせた。

標津国有林野内の養老牛方面の山には、戦前はヒグマをだいたいとりつくした状態であった。しかし、戦争中、屈強な狩猟家のほとんどは戦地にいき、残ったのは老人級の狩猟家だけとなった。また戦時下では狩猟など楽しんではいられなかったので、十年たらずの間にヒグマは意外にふえた。昭和二十五年のごときは、標津岳から武佐《むさ》岳《だけ》にわたる山林内でなんと三十六頭ものヒグマの大猟となったものであった。

ヒグマ撃ち

茶内林野のヒグマ

茶内山林のヒグマは、釧路、根室地方では、昔から獰猛そのものとして世人に恐れられていた。ある年、浜中村の造材師が山林の調査のために、二人の人夫とともに茶内の林班へはいっていった。

三人が細く曲りくねった小径を急いでいたとき、前方百メートルばかりの道のまんなかにヒョッコリ大ヒグマがあらわれ、ガヤガヤ話しながらいく一行を見つめているのに遭遇した。三人はビックリして立ちどまった。とっさに相談して、遠道になるがしかたがない——と、もときた道をあと戻りして別の山道から目標の林班へと向かった。

ところが、その道にもまたまた行くてにさっきと同じような大ヒグマがあらわれたのだ。一行はいよいよ恐怖に襲われて、今日はダメだ、やめようと山入りを中止して、あと戻りして帰りかかった。だが、うしろを振り向いて見ると、ヒグマは一行の後を追ってくる。

三人ともこれにはおどろいて、ソレッ、逃げろ——とばかり、陸上競技の百メートルのスタートのように夢中で駆けだした。造材師はまだ二十歳台の壮健な者で足が早く、二人の人夫を置き去りにして、疾風のごとく一目散に走って逃げてしまった。人夫のAは四十歳、Kは五十歳だから、いくら頑張っても血気ざかりの造材師にはついていけない。心はあせるばかりで、だんだんと間隔は離れるばかり。人夫は調査用の連尺《れんじゃく》、鉈などを後生大事に持ったまま逃げていたが、ついに道具類は投げ捨てた。造材師にはもう百メートル以上も遅れていたが、息せききって後を追うのに懸命だった。

Aは、いくら逃げても逃げきれないと覚悟して、駆けていく道の急カーブのところで横っ跳びに密林内へ巧みにそれて姿を隠してしまった。だがKはそんなことは知らない。一番年かさの悲しさ、後からドサッ、ドサッと追いかけてくる足音が刻一刻と迫ってくるのにどうしようもない。

もう一躍で跳びつかれるか、もうくるか、もうくるか——と死に物狂いで走っているとき、運のわるいときはわるいもので、道のまんなかに大木が横倒しになって行くてをふさいでいた。Kにはこの大木を跳び越すことはできない。といって、倒木の根もとや枝先をまわっているひまはなかった。

危機一髪、絶体絶命で、この倒木へ馬乗りになることができ、腹這いの格好でようやく乗り越えることができた。ところが、乗り越えたとたん、疲れはてて、ドッと倒れてしまった。あっと思ったが、起きあがるいとまはない。このままでは、一口にヒグマにかみつかれることは必至だった。

Kは三センチでも五センチでも逃げれるだけ逃げようと、風倒木と地面の隙間へいち早くもぐりこんだ。もう起きあがっても走る元気はない。ちょうど追われたネズミがどこへでも頭をつっこむのと同じようなものだ。

ヒグマはKの頭の上の風倒木を跳び越えて、ダッ、ダッと地響きをたてて一足跳びに百メートル以上前を必死に走って逃げる若い造材師めがけて襲いかかっていった。速いのなんのといって、それこそ目にもとまらないくらいで――。

Kはこわごわ風倒木の下から無意識に覗いていると、ヒグマはたちまち造材師に追いつき、あっというまにかみ倒してしまった。Kは思わず目をつぶった。

造材師が鋭い悲鳴をあげるのがきこえた。人夫たちに救いを求める声だったかもしれない。しばらく造材師はヒグマと格闘しているように見えたが、まもなくかみ殺されてしまったようであった。いや、まだ息があるのかもしれないが、ヒグマは造材師の片足を摑んで肩にかけ、さかさまに担いで、片足と手をぶらぶらとゆさぶりながら密林内へはいっていってしまった。

風倒木の下で、Ｋはガタガタと歯の根もあわぬくらいにふるえながら眺めていたが、ヒグマが見えなくなると、気をとりなおして風倒木の裏側へ這いでて、一目散に部落への六キロ余の道を転んだり、起きたりしながら駆け戻り、急報をもたらした。Ａ人夫もこれより先に別の部落へ急を伝えた。

すわ一大事とばかり、青年団、消防団、狩猟家などを呼び集めて、現場へ急行した。遭難場所には、血痕が草木を染めて凄惨をきわめていた。血のついた帽子やタオル、上着のチャンチャンコが散らばっていた。

捜索の人数は五、六十人。それが山林内を四方八方手わけして探しまわったあげく、ようやく七、八百メートルも離れたトドマツの密林内で、喰い荒らされた造材師の死体が見つかった。しかも、喰い残しの死体へ土をかけて埋め、ちょっとにはわからないように隠してあった。これはヒグマとしての習性である。

ヒグマはどこへいったものやら姿は見えない。毎日、毎日狩りはつづけられたが、皆目発見することはできない。天にかけたか、地にもぐったか──地元の狩人のみではらちがあかないので、各地の名ハンターに呼びかけ、懸賞金つきとなり、二、三人、あるいは数人が組になって、十日間も根気よく広大な密林内を狩り探し、ようやく撃ちとめて、やっと造材師の無念を晴らすことができた。

昭和六、七年ごろのことである。

養老牛のヒグマ

根室三十五万町歩の大原野――。そこには密林あり、清流あり、湖あり、山岳あり、渓谷ありで、猟人にはまことに憧れの猟場、まさにパラダイスであった。

私はこの大狩猟場をほしいままにし、愛銃にものをいわせた青年時代をおくった。狩猟に明け、狩猟に暮れる生活だった。それまではアイヌの原始的なブシ矢の狩猟法の独壇場であったこの原野も、シャモ（和人）のブローニング五連銃や、ウインチェスター十五連の猛獣用の銃の前には問題にならなかった。未開の原野や大森林は、こうもたくさんの獲物が得られるのかと、私はただおどろき、喜ぶばかりであった。

とにかく、ヒグマ、キツネ、テン、キネズミ、ウサギ、ワシ、タカ、ヤマドリ、マガモ、海ガン、マガン……など、実に多くの種類の猟ができたものだ。しかもその当時は人ずれしていないので、猟師としたら、こんな素晴らしいところはなかった。この原野へくるまで、私は石狩川をはじめとする札幌方面の山野を駆けまわり、狩猟では人後に落ちぬと自負してきた。しかし、そこの鳥獣は人ずれし、小ざかしくて、とてもこの原野の動物とは比較にならなかった。

標津《しべつ》原野の中央を流れる標津川は、支流をあわせると三百キロぐらいもあるだろう。標津川本流は、標津岳（一〇六一メートル）を水源とし、その麓に湧出する塩類泉は「ヨローウシ」と、当時の陸地測量部五万分の一図に示されていた。その後、私がそれを今日のように養老牛という漢字をあてはめた。

この温泉は、元禄年間からアイヌが湯治場、歓楽場としていたという。しかし、それも遠い昔の話で、私が大正五年の秋に足を踏みいれたころには、だれ一人訪れることもない状態になっていた。湯温八十六度、湧出量一分間一万リットルもの温泉が、いたずらに放流にまかせていたのだからもったいない話である。

湧出口の近くの小高い丘に、ヒグマの頭蓋骨が累々と散乱していた。その中央にアイヌの祭壇があり、ざっと数えて四百個ばかりのヒグマの頭蓋骨が積み重ねられていたのだった。シューリの若木の細い棒や、ヤナギの細い棒を長く削り、御幣《ごへい》のようにした飾物が、新古とりまぜて数百本も立てかけられてもいた。どうやら、ここはヒグマ祭りの崇厳な神秘境らしかった。

私はこの養老牛温泉を根拠地にして、西別岳（七九九メートル）、カムイヌプリ（八五七メートル）、摩周湖、サマッケヌプリ（一〇六二・三メートル）、標津岳、斜里岳（一五四七メートル）などの山々や、それに囲まれた原野、処女林のなかを、それこそ心ゆくまで狩猟場としたのだった。

――大正七年十二月のある日。標津岳とサマッケヌプリの鞍部、トドマツ、エゾマツ、シラカバなどの大密林のなかで、私はキネズミ十五匹も撃ちとった。夕暮れになり、雪も降りだしたので、十二キロ下の温泉まで急いでスキーで帰ろうとしていた。マタオチ川とチプニューシュベツ川の上流が背中あわせになった小さな分水嶺の稜線を滑降中のことだった。チプニューシュベツ川の渓谷に面した谷底のほうから、なにかの気配がかすかに響いてきた。私は足をとめ、静かな林間を伝わってくる気配にきき耳をたてた。たしかになにかが谷から峰へ登ってくるような気配なのだ。

はじめは、人かな？と思った。と、すれば猟師だろうが、こんな時刻にこんなところへ？――と首をひねった。「オーイ」と声をかけてみようかと思ったが、しばらく立ちどまって様子をうかがった。しかし、人でないことはたしかだった。人でなければヒグマだ！　私はすぐに十二番二連に、アイデアルを装塡した。

降りだしたボタン雪は、密林内を薄暗くし、断崖にひとしい急坂の谷底はブッシュにさえぎられてよく見わけられない。しかし、刻一刻、私のいる真下からセカセカと這いあがってくるのは間違いなかった。

私は思いもよらなかった獲物の到来に緊張していた。少しでも見とおしのきく場所を選ぼうと、シラカバの大木の根元を楯にしてからだをかくし、またたきもせずに待ちかまえた。斜面のトドマツの幼齢木をおしわけて無理に登ってくるらしく、木の枝先が大きく揺れ動きだすのがわかった。

二十メートルぐらいに迫っても、まだなにも見えない。雪は綿をチギって投げつけるように降りつづき、大きな雪片がどんどん積もっていく。暮れかかっているので、照準があやぶまれた。私は銃床の拳銃握りをかたく握りしめ、姿が出たら真正面上段から一発、と心がはやった。

「出た!」

大ヒグマだ。なにも知らぬヒグマは、悠々と急坂を登ってきて、私のかまえている十五、六メートル下まできた。

獲物と視線があうと、猟人は手もとが狂うことがある。しかし、こんな場合は落ちついて、念には念をいれて撃つにかぎる。私は内心で、ウマイゾ、ウマイゾッと呟きつつ、ヒグマの大きな頭蓋骨に向かって、ダーンと火蓋をきった。瞬間、ウオーッと一声を残したまま、ヒグマはドサッ、ドサッと谷へ転落していった。

致命傷だ。たった一発で見事に撃ちとめたのだ——と、私は嬉しくてしかたがなかった。とにかく、暗くならないうちに早く下へおりて、どんなヤツか見届けてやろうと思った。そこでヒグマが落ちていった斜面を木につかまりながらおりかかったとき、そこから少し離れた下のほうに、さっきと同じような気配がした。しかも、こっちへ登ってくるような感じなのだ。

ハテな？　と、きき耳をたてたが、間違いなくヒグマが登ってくる音だった。とっさに、私はゾーッとした。死んで谷底へ落ちたと思ったが、さてはカスリ傷かなにかで、再び登ってきたに違いない。こいつは油断ならないぞと考えた。そうしているまに、もう暗くなった谷底から、木々をゆさぶりながら登ってきたヒグマが十メートルばかり下に姿をあらわした。近距離なので、ほとんど銃口を押しつけるようなもので、再び眉間めがけてコッパ微塵になれ！と、銃口は火を吹いた。

ヒグマは横倒しに倒れた。だが、すぐに起きあがり、ウオーッ、ウオーッと咆哮《ほうこう》をつづけつつ、私に躍りかかろうとした。が、そこでヒグマは再び倒れ、そこらじゅうの木にかみつき、かきむしりながら、どたんばたん暴れながら、谷底へずり落ちていった。しばらくの間、谷底からうなり声がきこえた。

私は谷底へおりてみようとまた思ったが、死にきれないヒグマぐらい恐ろしいことはないので、銃に弾をつめなおしながら、躊躇していた。すると、また少し離れた谷底から、ハッハッと荒い息を吐きながら這いあがってくる気配がした。

もう私は夢を見ているような心境だった。ヒグマが死にきれずに三度目にまた這いあがってくる――。そう思うと、その執念がそら恐ろしくなった。

暗くはなるし、身の危険を感ぜずにはいられない。このまま一目散にスキーをとばして逃げてしまおうか――と思案しているうちに、たちまち十メートルとは離れていない私の目の前に、ヒグマは三度姿をあらわした。もう無我夢中だった。私は二連銃の左右両射を思いきって一度にブッぱなした。

そして、その結果などたしかめる余裕もなく、緩斜面をスキーのストックも折れよとばかりつっぱり、つっぱり、林間をひたすらにとばした。しかし、降りしきるボタン雪は湿っていてスキーが思うように滑らず、もどかしいこと、かぎりなかった。

私は一瞬でも早く、この忌まわしい魔の場所から遠ざかろうとあせった。

二回登ってきたのを二回撃ち倒したのに、また性こりもなく三回も登ってきたヒグマ。その執拗な襲来がただ恐ろしかった。もうヒグマ撃ちの自信さえ消えた。標高差五十メートルの林間の斜滑降の連続をきりぬけ、真っ暗になってから、やっと温泉に帰りついてホッとした。

私は首まで浴槽につかりながら、何度も何度も、そのできごとを考えていた。が、いくら考えてもサッパリわからない。あれほど近距離で撃ち、あれほど見事に転落していったのに、致命傷にならなかったのはどういうわけか——。三度目もダメだったのだろうか、あれっきり逃げてしまったのだろうか、とも思った。よしッ、もし逃げていったのなら、明日また追跡していって撃ちとめてやろうと思いはじめたのはまもなくだった。猟師とはそういうものだった。そうときまると作戦をねり、悪夢のような冬の長い一夜をすごした。

翌朝は、私は早くからサマッケヌプリの連峰へといそいだ。昨日の失敗はだれにも洩らすまいと恥じていた。

今日は稜線経由を避けて、チプニューシュベツ川の渓谷へと大迂回して、これを遡行することにした。昨夕の降雪は二十数センチにも達し、湿気の多い雪は一夜にして凍り、軽い粉雪と化している。おかげでスキーをはいての感触はよかった。新雪の上に、キツネやウサギ、キネズミなどの足跡が縦横無尽である。

それらの小物には目もくれず、私は天狗岩と西竹山（六九八メートル）の麓を横ぎり、一直線にチプニューシュベツ川の大渓谷へはいっていった。渓谷の壁は垂直に近い絶壁、小さい木がビッシリ生えているとはいえ、こんな壁をよくヒグマが登っていったものだと感心した。私はヒグマの逃げた足跡を注意深く探しまわった。そして、ちょっと小高いところをストックでつついてみたり、スキーのベンドで雪を蹴散らしてみたり。しかし、どこにもヒグマはいない。逃げていったのなら、どこかにかすかにでも足跡でもありそうなものだがそれもないのだ。

なおも狭い谷底を歩きまわって探しているうち、こんもりと雪のもりあがったところがあるのに気づいた。なにげなくスキーであがってみると、ふんわりと柔らかい感触！

いそいで雪を蹴とばしてみると、まず黒ずんだ毛が見えた。ヒグマだった。それも大ヒグマ。間違いなく私の撃ち落としたヤツだった。

だが、よく似た雪のもりあがりが、十メートルと離れぬところにもう二つあった。慌てていってみると、二つともヒグマの死体ではないか！　こうして、ついに三頭ものヒグマの死体を次々に見つけたのだった。つまり、三頭とも私が一発ずつで撃ちとったわけなのだ。

このときの嬉しさ——を私はいまでも忘れることはない。私はスキーをぬぎ、三頭のヒグマを目の前にして大満悦だった。いろいろ胸算用をしたり、こみあげてくる喜びをかみしめながら、飽かず眺めていた。これで昨夜来のわりきれぬ気持も解消したわけだった。すぐ温泉に帰り、若者たちを五、六人連れてきて三頭のヒグマを持ち帰ろうと計画をたてたりもした。

そのとき、ふと気がつくと、サマッケヌプリの峰のほうで人声がするように感じた。たしかに話し声だ。何者だろうか。キネズミかヤマドリ撃ちにマタオチ部落の猟師がやってきたのだろうか——と考えた。人声はだんだんと近づき、私のいる渓谷へおりてくる気配だった。

二人の猟師が輪カンジキをはき、急斜面を雑木につかまりながらおりてくる姿が見えたのはその直後だった。私が声をかけようとしたとき、先方でも私が谷底に坐っているのを見つけたらしく、びっくりして立ちどまった。そして、彼らはやがて一直線に尻滑りするようにおりてきて、私のところへきた。

「やられた」

「やられた」

二人の猟師は、私の足もとの三頭のヒグマを見て、頓狂な声で叫び、悲壮な顔をしかった。話をきいてみると、なぜ彼らが悲しそうな顔をしたのか、その理由はすぐにわかった。

彼らは旭川の高栖村の者で、北見藻琴山（一〇〇〇メートル）から、この三頭連れのヒグマを一週間追跡していたのだという。そして昨日夕方の大雪のために足跡を見失ってしまい、まごついたが、たしかにこの谷へ下ったものと見当をつけ、探していたのだそうだ。

二人の猟師は、いかにも残念、いかにも口惜しくてしようがないらしく、力も根も尽きはててしまったという様子だった。そして、いまにも泣きだしそうな顔で、ドッカと雪のなかへ尻をすえて嘆息していた。私はそこで、彼らに昨日の夕方のことを、一部始終ありのままに話してきかせた。

私は、二人があまりにも意気消沈し、うらめしそうに三頭のヒグマを喰いいるように見つめているのを見て、黙っていられなくなった。考えてみれば、一週間も遠いところから苦労しながら追跡していたとは気の毒だった。この人たちが追っていたからこそ、私は労せずして三頭を撃てたのだとも思われる。そこで私は、思いきって二人にいった。

「あなたがたの苦労は並みたいていではなかったようだ。私が撃ち倒すことができたのも、あなたがたが追ってきてくれたのだから、二頭はあなたたちにあげることにします。私は一番小さいのをもらいますから……」

二人の猟師は信じられない——という顔をした。しかし、私のいったことがほんとうだとわかると、急にいきいきと目を輝かせ、口もとに笑いがあらわれた。

「あんた、それ、ほんとうですか」と、念をおしながら、いままでとはうって変わって、元気いっぱいに山野を駆けまわる猟師に戻っていた。二人は小声で相談していたが、やがて私にいった。

「ありがとうございます。それではお言葉に甘えさせていただきますが、あなたはどうぞ一番大きいのをとってください。私たちは小さいほう二つで結構です」

結局、そうきまったが、それはまことに暖かい言葉のやりとりであった。

私の長い狩猟生活のなかで、二、三人の仲間で一挙に三頭のヒグマを倒したことは二回あったが、そのときのように、単身で、なんの苦労もなく三頭を撃ちとったことははじめてだった。が、とつぜん現われた、どこの人間ともわからぬ黒く雪焼けした二人の猟師には、一時度肝をぬかれた。眼光鋭いこの二人に対してこちらは一人。しかも人間の滅多にはいらない奥山の秘境である。なにをされてもわからない——と、一種の戦慄をさえ感じたくらいであった。

しかし、事情がわかってみると、一週間以上も厳冬の雪のなかを野宿しながら追跡をつづけ、魂を打ちこんできたこの人たちの疲労した悲しそうな顔を見てはいられなくなった。私は欲も得もなくなり、一刻も早くこの渓谷からでたい心境でいっぱいだった。

私の申し出で、恨めしさも、悲しさも、そして恐ろしさも一度に解消され、はじめて会った三人の猟人は、損得ぬきのやりとりに、お互いに心もうちとけて笑いあった。

われわれは焚火をしながら、解剖を手伝いあって三頭のヒグマの毛皮を剥いだ。私は重い毛皮と胆（クマのイ）を背負って帰りかけたが、二人の猟師はこの渓谷で野営するといって別れを惜しんだ。そして、幾度も振り返る私を名残惜しそうに見送ってくれたのであった。

ケネカ川の大ヒグマ

昭和十年の秋、標津原野にある標津川の支流ケネカ川の上流へカモ撃ちに出猟した。場所はケネウオッカベツ水源地方面である。

この日は十月小春という快晴で、川辺の大フキの下を注意深くくぐっていった。川沿いの肥沃な土壌に密生しているフキは私の背丈よりもはるかに高く、ちょうど葉の分だけ私の頭の上にかぶさってしまう。外から眺めると、人間が歩いているとはちょっとわかりにくい。こんな大きなフキ原で、万が一にもヒグマに出会ったら大変だぞ――と、私は愛銃を構えて進んだ。

ケネベツ川の水面を見まわしながら、フキ原からでたり、引っこんだりして静かに歩いていき、やがて川辺のアカタモの老木の根もとに手をかけてなにげなく水面を偵察しようとしたとき、不意に、マガモがギャアーッ、ギャアーッと、二声、三声、けたたましく鳴きながら水面をたたいて飛び去った。私は一瞬たじろいだが、素早くダァーン、ダァーンと速射。川辺におおいかぶさっているイラクサやナナツバの下から狙い撃ちした。バサッ、バサッ、ジャボン——と、草原に、あるいは水面にと、小気味よくマガモは舞い落ちた。飛び立とうとしたものばかり六羽を仕とめたのであった。だいたい、マガモの飛び立ちは緩慢だから、射手が狼狽しないかぎり撃ち損じることはない。

まず、今日の猟はさい先よしとばかりほくそ笑んで、さらに川をくだる。それから三ヵ所、いずれもよく肥満した青首のマガモばかり五羽を獲った。合計十一羽。重量は四貫目（十五キロ）あまりとなり、猟嚢《りょうのう》は肩に喰いこんで重くなった。もう日も西に傾き、摩周岳の肩にかかった。そろそろきりあげようと、一服すべくフキの葉を敷いて坐った。

私は喫煙家ではないので、タバコのかわりにキャラメルを放さない。一つ、二つしゃぶって休憩である。ところが、だいぶ狩り歩いたので軽い疲労をおぼえ、静かな暖かい天気なので、知らず知らずに居眠りをはじめた。ハッと気がついて、帰らなくては——と思いながら、ついまたウツラ、ウツラと睡魔に襲われてしまい、とうとう深い眠りに陥ってしまった。

そのまま何時間たったか――夢うつつのうちになにものかの物音にハッと目が醒めた。大きなフキの葉を五、六枚折りとって敷布団がわりにして寝ていたので、耳をあてていた地面にかすかに地響きが感じられたのである。ハテ？　なんだろう――と、きき耳をたてていると、たしかになにかの足音でそれがだんだん近寄ってくるのだ。

私は反射的に銃をとりあげ、ナラの大木の根もとへ、物音のする反対側に素早く身をかくした。人間や牛や馬ではない。とすればヒグマに違いない。私ははやる心臓をおし鎮めて、五連のカモ猟用の五号弾を手早くアイデアル弾に装塡しかえた。

さあ、こい――と思った。

しかし、足音はあいかわらず悠々漫歩。そこら辺を遊びながらのんきに近づいてくる気配だった。ヒグマにとっては急ぐ用があるはずもなく、ケネカ川の密林のなかでは警戒することもないので、ゆっくり遊んでいるに違いなかった。ヒグマは、猟人が手ぐすねひいて待機しているとはまるで知るよしもなかったのだ。

ケネカ川の堤防地区内に繁茂するアカタモ、ヤチダモ、シラカバ、ナラ、ハンノキ、シコロ、セン、ドロノキ、その他神代から斧を知らぬ原生林は、彼らヒグマの、祖先伝来の憩いの場所だったのだろう。老大木の下には、ドスナラ（ハシドイ）、エリマキ、マユミ、ニワトコ、ヤナギなどの灌木と、そのなかにまじってフキ、ボーナ、ナナツバ、クマザサなどが生え、湿地にはガマ、ヨシ、スゲ、アイヌワラ、その他の雑草がびっしりと茂っている。そのなかをあいかわらず悠々と、少しずつ足音は近づいてくる。

ナナツバの花が揺れ、フキの葉が動く。フキを踏み折る音、踏みつぶす音が、ボキン、ボキン、グシャッ、グシャッとする。だいたいの見当はつくが、いくらすかして見てもヒグマの姿が見えない。フキの葉の揺れかたから判断すれば、四十メートルあるかなしかの距離。だが、さっぱり姿が見えない。まさか牧場を脱走してきた牛や馬ではあるまい。ヒグマだ、ヒグマに違いない――とは思うものの、それが見えないかぎり断定はできない。

川沿いの堤防や野地は起伏がさまざまで、近いようでも遠かったりする。私はすっかりシビレをきらせた格好だった。ワタドロの老大木の根もとを楯にして身をひそめ、いまや遅しと待ちかまえる。十二番ブローニングにアイデアル弾、一発必殺の態勢である。万が一にも撃ち損じて手負いにしようものなら、逆襲は当然のこと。一跳躍して、猫がネズミを捕えるようにして躍りかかってくる――という危険きわまる瀬戸ぎわである。

まさに生命のやりとりだが、だからこそ、北海道のヒグマ狩りは面白半分の遊びと油断したらとんでもないことになる。マライやインドのトラ狩りと共通する冒険なのだ。もっとも、それゆえに、狩猟の味はまた一段と貴重なものになるのだが――。

川沿いのフキは、前記のように二メートル近くの高さに茂り、根まわり三十センチぐらいもあり、葉は笠よりも大きいくらいのさえあった。フキには青フキと赤フキの二種があり、春若いころや土用前には柔らかい青フキが食用に好まれる。やや堅い赤フキは塩蔵にして、冬に食膳に供せられるものだ。根室原野では、どの川筋もフキの生えていないところはまずない。一町歩も二町歩もフキの原野があり、川に沿って何キロでもつづいて生えているフキの天国だ。このフキは人が食べるだけでなく、造材業者が冬期に木材搬出をするときの運送馬の飼料として重要であり、川のそばに長い穴を掘って、どっさりフキを刈りとって詰めこみ、塩蔵しておくものである。

ヒグマも、フキの若生のころ、一メートル近くまではよく喰い荒らしている。葉もいっしょに喰ってしまうものだ。そのために茎が十四、五センチ残ったのがクルクルとまるく反りかえっているのをときどき見る。一ヵ所に何日もヒグマがいたと思われるところでは、一反歩も二反歩も喰いつくされてフキ原が明るくなってしまうところさえあるくらいだ。そのころのヒグマの糞はフキの繊維ばかりで、一回分の排泄量はだいたい四～六キロぐらいもある。

――ところで、一歩一歩近寄ってきたヒグマは、しばらくすると何の音もたてなくなった。私の張りつめた緊張はそのためにちょっと調子が狂ってしまう。ここに猟人がひそんでいるのを感づかれるわけはないのにと思いながら、なおもきき耳をたてていると、急にガサガサ、バリバリッと大きな音がしだした。どうやら腐倒木を掻きおこして、アリの巣でも舐めているに違いなかった。猟人にとってはまことにまたとない機会だが、依然として姿が見えないのではどうしようもない。まもなく、こんどは地響きをたてて地面を掘りおこしているような音がした。アリ塚を見つけて崩しているらしい。

私がフキの隙間から、右に左に、どんなにすかしてみようとしても、チラとも姿は見えない。しかし、なんぼなんでもこっちから忍んでいくことはもっとも危険で、うかつにはでられない。いつまで待つか、方向転換でもして他のほうへいかれては台なしである。さて、どうしたものか――と思案中に、ドサッ、ドサッとフキを踏み倒して、また歩きはじめた。予想どおりに、こっちへ向かってくるのだった。

いよいよきたなッ、と、私は一瞬、筋肉をひきしめた。耳を澄ますと、スウーッ、スウーッと、かすかにヒグマの呼吸する音がする。やがて、目の前三十メートルの、僅かに高くなったところへとつぜん赤褐色の大きな頭がニュッとあらわれ、小さい目玉をギョロギョロさせていたが、急に鼻づらを上に向けて臭いを嗅ぐ格好をした。嗅覚が鋭敏なヒグマは、もはや人間がいることがわかったらしい。

私は心中でしめたッと叫んだ。と同時に、鼻づらを左右にふり、臭いの方向を探っているような喉もとめがけて、十二番ブローニングは轟然と火を吹いた。

「ダァーン」

のどかな川辺の森林を揺り動かして、そのゴウゴウたる音は山内一帯にこだました。命中の手応えは充分だった。

ヒグマは「ウォーッ」と、これまた密林をゆさぶる大咆哮で怒り狂って立ちあがった。二メートル余のフキの葉の上に両手をあげて全身をむきだしにしてあらわれた、背丈三メートルもあろうという超ド級の大物――。総身の毛を逆立てて私のほうを向いた形相は、実にものすごいかぎりだった。

弾丸は急所をはずれたらしい。夕日を浴びた巨体の喉もとから鮮血がしたたり落ちている。「ウォーッ、ウォーッ」と、咆哮につぐ咆哮で暴れ狂う。ドタン、バタンと手あたり次第にそこらにあるものをかみ砕き、苦しさと怒りでたけりにたけっている。怒髪天をつくというが、まったく身の毛もよだつ光景であった。

見つけられたら大変と、私は楯にしていた老木の根もとにしゃがんで動かず、ただ暴れに暴れるヒグマを見守るばかり。第二弾のチャンスを狙ってはいたが、激しくはねまわっているので、撃ちかねていた。深傷にも屈せず、前後左右、十二、三メートルの間を駆けまわり、暴れ狂うのでは照準がつかない。やむなく銃口を向けたまま機会をうかがうよりしかたがなかった。

やがてヒグマが後向きになった瞬間、その背骨めがけて「ダァーン」と第二弾を撃ちこんだ。距離はたった二十メートルばかりだから、いわゆる押しつけ撃ちのようなものだ。この第二弾は見事に脊髄を粉砕したらしく、ギャアッと一声あげてヒグマはドサッとうつ伏せにブッ倒れ、窪地へ転がりこんだ。

だが、怒号は以前にも倍してものすごい。密林中をゆるがせて、耳を聾《ろう》せんばかりで到底近寄りがたい。手あたり次第に周囲にあるものを叩き折り、千切り、径十センチぐらいのヤナギを噛みきり、掻きむしる始末だった。千切られたフキの葉などは空高くはねとばされ、土煙りをあげて七転八倒のありさまである。

私はつづいて第三弾を——と銃をとりあげたが、背骨が折れているので歩くことができないのだから、そう慌てて撃つまでもないと思いとどまった。逃がす心配はまずない。逆襲のおそれもない。

しかし、二十分たち、三十分たっても咆哮はいつはてるともわからない。急所をはずれているので、ヒグマはなかなか死にきれないのである。

私はトドメの一発を——と近寄っていった。するとヒグマは、私めがけて猛然と躍りかかろうとしてきた。大きな赤い口、白い歯をむいて——。しかし、背骨が折れているので立ちあがれない。それでも両手をあげて立ちあがろうとしながら、一歩でも二歩でも近づいて襲いかかろうとする。腰はきかないが、声だけは少しも衰えない。むしろ、人間を見てからは、その怒りかたは数倍のすごさに変わってきてさえいた。とても形容できないものすごさだ。

第三弾、第四弾を見舞って一気に息の根をとめたかったが、毛皮にむやみやたらに弾痕をつけたくないので、我慢してその動作を見守るばかりである。しかし、いつまでこのままでもらちがあかないので、急所へ正確に一発と、ゆっくりその機を狙う以外になかった。

逆襲できないとわかると、ヒグマは諦めて私と反対の密林へ逃げこもうとする。ズルズルッといざっていくのを真横から心臓部を狙って撃とうとすると、また向きを変え、いきなり躍りかかろうとする。私は十メートルぐらいの距離から、ついに第三弾を放った。弾は肋骨の三本目に喰いこみ、ヒグマはこれで完全にのびてしまった。

私はようやく緊張感から解放された。知らぬままに全身は玉なす汗であった。自分自身では、この大ヒグマを倒す間、余裕しゃくしゃくのつもりだったが、戦い終わってみると、顔といわず、首筋、手首など、ところかまわず蚊やブト（ブユ）に思うがままに喰いつかれ、血を吸われていた。着物から出ているところは、カッカとほてり、かゆくてかゆくてたまらずに困ってしまった。

カクレ原野とガンピ原

キネズミを追って

北海道天塩国《てしおのくに》和寒村《わっさむ》にカクレ原野（蔭原野）という小さな部落がある。ちょうど和寒村のピヨッペ砂金山から石狩国《いしかりのくに》雨竜《うりゅう》の幌加内へ通じる中間で、いつ開拓者がはいった部落なのか、世間ではほとんど知られていなかった。それが何十年か後にはじめて世に知られ、あんな山奥に人が住んでいるというので、だれということなくカクレ原野と伝えられるようになったところだ。

私が札幌からこの和寒村へ狩猟の遠征にでかけたのは、大正三年十一月のことだったと思う。ある日、私はピヨッペ砂金山の奥山へヤマドリ撃ちに登っていった。あまり高くもない山だが、千古斧を知らぬ大密林で、トドマツ、シンコ（エゾマツ）、ナラ、シラカバ、アカタモ、ヤチダモ、シナ、カツラ、セン、その他の豪壮な樹海がはてしなくつづいていた。そのトドマツ、エゾマツの青い枝葉にひそんでいるヤマドリ（エゾライチョウ）を追いだして撃ち、十三羽ばかりを猟嚢《りょうのう》に納めた。

私は樹上ばかりを狙っていたのだが、そのうちふと足もとの処女雪の上に無数にいり乱れた足跡に気がついた。キネズミだな――と直感した。しかも、かなりの数のキネズミが生息しているらしいとわかると、むらむらと欲がでてきた。梢を注意ぶかく物色しているうちに、トドマツの葉かげの雪がふいにパラパラと落ちてきた。

瞳を凝らしてよく見ると、キネズミが木の枝の股にへばりついたように抱きついているのがわかった。さらによく見ると、もう一匹が両手でなにかを抱え、頬をふくらませてモグモグとかみ砕いている。

距離があまりにも近いので、いくら九号の散弾でも、ここで銃を撃ってはかんじんのキネズミの毛皮をだいなしにするおそれがあった。そこで二十メートルもあとずさりして、ダーン！　と一発。一匹はそれでとったが、残りの一匹は素早く裏側へまわりこんで姿をかくした。しかし、そんなことで猟師の目はごまかせない。たちまちもう一弾。それで枝からころげ落ち、雪のなかにスポッとのめりこんだ。

この銃声で、同じ木にまだいた三匹のキネズミが、カサッ、カサッと素早く上へ上へと、樹上高く駆け登っていった。だが木にも高さの限度があり、銃弾がとどかないということはない。私は、木に抱きついているヤツを、片っぱしから撃ち落とした。

一本の木で五匹とは、なかなか稀な大猟だった。

キネズミの足跡は、山奥へはいるに従ってますます多く、いくらいるのか、それこそ見当もつかなかった。足跡を伝わっていくと、そこにもここにも樹間をカサッ、カサッと勢いよく幹をよじ登る爪の音がするので、すぐ所在がわかる。キネズミ撃ちは、発見さえすれば逃がしっこない。置いてあるものを取るようなもので、雑作はなかった。

だが、たまには手をやくことがないではない。稀に老大木のウトッコ（ほら穴）へ手負いのまま逃げこんだりされると、それこそどうしようもない。しかたがないから木登りと決心して、カンジキや外套も脱ぎ捨て、ヤッコラ、ヤッコラと適当な枝を伝ってよじ登る。そして穴口に達し、なかへ手をつっこんで、サルオガセなどで作った巣を摑みだし、捕えるのだ。しかし、手負いのキネズミに手がとどいたと思ったとたんに嚙みつかれ、びっくりして手を放した瞬間、穴からとびだして梢高く逃げ登っていく。こちらも急いで木からおり、猟銃を向けると、クルッ、クルッと銃口のかげへかげへとまわって逃げ、またもとの穴へ逃げこむ。畜生めッと歯がみして再び木登りをすると、ようやく穴口へ近づいたとたん、飛鳥のようにとびだして樹上高く逃げる。野郎ッ、人をバカにしやがって——と腹をたててみても、手負いのキネズミ相手では大の男もカタナシである。しようがないから再び木からおり、執拗に銃口を向けてつけ狙って、ようやく撃ち落としたこともあった。

不運にも、手負いのまま逃がしてしまったこともある。樹上のほら穴へ逃げこんだのを木登りして捕えにいったが、大木の高い穴を覗くと、木のなかはほとんど朽ちて大きな空洞となっており、キネズミはその深い穴のなかへはいってしまってわからない。それこそ、その大木を伐り倒すか、横ッ腹に穴をあけでもする以外に捕えようがなく、やむなく断念するほかはなかった。

まったくキネズミ狩りにはピンからキリまである。うっかりキリのほうにぶつかろうものなら、それこそ骨おり損のくたびれ儲けになってしまう。猟師なら二度、三度とそういう苦汁を舐めさせられた経験をだれでも持っているようだ。

さて、この日のキネズミ狩りは調子よくいき、二十四ものキネズミをとった。前にとったヤマドリとで猟嚢はいっぱいになってしまった。そして、もう時刻が遅くなったので、キネズミはそれぞれ自分の寝床に隠れてしまい、探しだすのが困難になった。私は、明日早朝にまたやってこようと考えつつ帰途についた。

キツネに化かされたか

ところがキネズミ撃ちに夢中になって森のなかを歩いたせいか方向がわからなくなった。西も東も見当がつかない。天を仰いでも空の見えない大森林のなかのこと、四方八方、さっぱり見わけるものがないのだ。あるものはただ太い樹々の林立した幹ばかり——。これには途方に暮れた。

私は石狩平原で育ったので、密林内での経験がなく、キネズミに気をとられて、ただ無鉄砲に歩きまわってしまった、その愚かさを悔いたが、いまさらどうにもならない。とにかく、どこか高いところを探して方向を見きわめよう——と、稜線へ稜線へと登っていった。

行くてに大きな風倒木が横たわっていた。そこをよけて通り越そうとしたとき、目の前五メートルばかりの風倒木の下から、パッと赤ギツネがとびだした。

まったく不意のことなので、私はビックリ仰天したが、そこは猟師。飛鳥のように逃げていくキツネのうしろに姿に、ダーンッと銃弾を浴びせた。

キツネの走る速度が少し変になったが、それでもなお逃げていく。突然のことなので、狼狽して撃ち損じたか——と、さらにダーンッと左銃身の弾を発射した。こんどこそは、とよく見ると、キツネはもんどりうって一回転して倒れた。

「やったぞ……」と、内心ホクホクしながら、五十メートルばかりの急坂を私はゆっくりと登っていった。だが、倒れているキツネに五、六メートルの距離にまで近づいたとき、赤ギツネは思いがけなくムックリと起きあがり、ヨロヨロッとした足どりで歩きだしたのだ。

私は、ヤッ、これは——と、慌てて銃を向けたが、弾を装塡してなかったのに気づいて、急いで左右両銃身に装弾。逃げていくのを後方から撃った。ダーンとまず一発。しかし命中せず二の弾をダーン。しかし、キツネはなんの変化も示さず、同じようにヨロヨロと逃げ去ろうとしていた。

意外な失敗に呆然とした私は、気をとりなおしてさらに弾を装塡したが、起伏の多い山岳地帯のこと、赤ギツネはもう稜線の彼方へ姿をかくしてしまった。見えるのはヨタヨタ歩きの足跡だけである。

そのときになって、私はハッと気がついて後悔した。それは、ヤマドリ撃ちやキネズミ撃ちの九号散弾で撃ったことをおもいだしたからであった。これではキツネに致命傷を負わすことはできない。

だが、考えてみると、足もとのフラフラしたノロノロの歩きだし、いまにも倒れそうな格好だったから、そう遠くへはいかず死んでいるだろう。よし、それでは——と追跡に移った。キツネが初弾で倒れたところには、真ッ赤な血が雪を染め、相当の出血だった。きっと喘ぎ喘ぎ逃げていったに違いない。足跡の上にも、点々と血痕がつづいていたのだ。

私は全力をふりしぼって追跡した。いくつかの小谷や稜線を越し、カンジキをきしませながら汗だくで追っていく。そのうち、小谷の向うの大木の根もとに横たわる赤いものが見えた。野郎ッ、あんなところでクタバッていたか——と、内心喜びつつ近寄った。

しかし、またもやヌカ喜びだった。キツネはこんどもヨロヨロと逃げだし、たちまち峰の彼方へと姿を消した。こうなれば意地だと、すぐに追ったが、それから後、私と手負いのキツネとの間隔は、どうしても百二、三十メートル以内にはちぢまらない。もう一息、もう一息と、諦めないで夢中で何時間も追いかけた。

追って追って追いまくったあげく、ふと時計を見ると、さあ大変。もう日が暮れかかる時刻だった。キツネはもう駄目だ——と諦めがついたが、同時に私の脳裡を一種の戦慄が矢のように走ったのだ。

私にとって和寒の山ははじめてだった。おまけに大密林は奥深い。ただただヤマドリやキネズミ、そしてキツネに無我夢中で、浮かれながら狩り歩いてきた私には、帰る方向がどっちなのか、皆目見当がつかなくなってしまった。

地理はまったくわからず、どこか人の住む部落があるのか、それが遠いのか、近いのか、まるでわからない。なんとズサンな行動をしてしまったのか——と後悔したが、もう遅い。私は密林のなかで迷子になり、ただ心細いばかりだった。なさけ容赦なく時間はたち、あたりは薄暗くなってきて、不吉な予感さえした。ようやくのことで一つの峰に登りついて、四方の眺望が得られた。

東と南、そして西の三方は真ッ黒い針葉樹林の波うつ山々。ただ北方だけが僅かにひらけ、目の下に狭い平地が見えた。農家が五、六軒、あたりの薄暗さのなかにかすかにうかがわれた。しめた、ピヨッペの農家に違いない——と直感して、私は方向を見さだめて真一文字に急いで山を下った。死にかかっているキツネに未練がなかったわけではないが、いまは諦める以外にしかたがなかった。

カクレ原野の一夜

すでに暗くなった密林を脱して、一番近い一軒のササぶきの小さな掘っ立て小屋にたどりついた。

夕餉の支度をしているのか、戸口で焚木を一抱えして家へはいろうとしているおかみさんに声をかけた。怪訝そうに私を見あげるおかみさんに「ガンピ原は、ここからどれくらいありますか?」とたずねたのだ。ガンピ原というのは、和寒村内の字名である。

おかみさんはびっくりしたように、目を見はった。

「あなたは、どちらから？」

「和寒のガンピ原からです……」

私の目は、やがて入口の柱に打ちつけてある表札の文字をとらえた。

雨竜郡幌加内村字蔭原野……。

びっくりした。信じられないような表札であった。信じられないまま、私はその表札の文字を三度も四度も一字一字読んだ。いまのいままで、ここが和寒村内だとばかり思っていたからである。

つまり、ピヨッペの山から遠い遠い雨竜の山へ迷いこんできたわけだ。まったく知らぬまに、とんでもない遠い村へきてしまったという思いがけぬことに、文字通り途方に暮れた。

おかみさんに和寒までの里程をきくと、まず五里あまりはあるという。しかも日はとっくに暮れ、夜のとばりがおりて、あたりはもう暗い。知らぬ土地へきて、これから五里の夜道を、手負いのキツネ追いに疲れはてた足で頑張らねばならない。しかたがない、夜どおしで帰ろうと決心せざるをえなかった。

そのとき、私たちの立話をきいていたのか、家のなかから主人の声がした。

「まあ、なかへはいって休みなさい……」

私は、地獄に仏とばかり、いわれるままに土間に踏みこんだ。

二間に三間の家だった。一家一室。土間、流し場、居間、寝室など、移住当時に建てたままの家だった。いろりには一抱えもある丸太と、小割りの薪や小枝などがつきあわせてつっこまれ、火が勢いよく燃えていた。パチパチと火のはぜる暖かい室内だった。

「サアー、おかけなさい」

と、この家の主は親切に迎えてくれた。私はいわれるままに、炉端に腰をおろした。おかみさんは座敷にあがり、なにやらゴソゴソやっていたが、やっとマッチを擦る音がした。パッと明りがついた。コトボシに点火したのである。コトボシは、ブリキで作った丸い罐のなかに石油をいれ、芯に油をしみこませて先端に点火する。ここにはまだランプもないらしく、もっとも簡素な生活に用いるこの灯明を使っているらしかった。コトボシの裸火は、すきま風に左右にゆれ、焔は長く、あるいは短く、せわしく動いていた。

主人に問われるままに、私は今日一日の猟況と失敗談などをした。焚火で暖をとって休んだので、元気も回復していた。そこで、夜道を駆けて帰るべく、礼を述べて立とうとした。

するとと主人は、和寒への夜の山道は悪路で、とても帰れるものではない。汚いところだが泊まっていきなさい――と親切にすすめてくれた。私はほんとうに救われた気持になり、気の毒だと思いながら泊めてもらうことにした。夕食には稲黍《いなきび》のご飯がでた。私は稲黍餅や稲黍ご飯が大好物だったので、実においしかった。

夜はパチパチ、ドンドンと燃えるいろりの火に頬をほてらせながら、おかみさんのだしてくれたエンドウの炒り豆をポリポリと頬ばってお茶を飲んだ。

ここの主人も猟が三度のメシよりも好きだと、おかみさんは私に告げた。なんぼ忙しいときでも、キツネやテンの足跡などを見つけると、とびだしていって一日じゅうどこへいったのやら――、夜遅くなって、手ぶらで腹をすかせて帰ってくるのも珍しくはない――と、笑いながら話すのだった。

この家には夫婦の分一組しか寝具がないので、一夜、語り明かそうということになった。私もそのほうが気楽だし、遠慮なく泊めてもらえるので嬉しかった。

夫婦はこもごもに話した。

「この土地へ移住した二十年前には、ヒグマが昼でも畑へでてきて、秋はトウキビを片っ端からもいで喰われ、燕麦や蕎麦は踏み倒され、喰い荒らされて、収穫皆無の年もありました」

夫婦は話し好きだった。主人の話し終わるのを待つようにおかみさんが話し、そして、また主人がひきついだ。

おかみさんの話にこんなのがあった。

「うちの人が幌加内へいって留守のある夜、そこのガラス窓のところで、とつぜん家のなかを覗く者があるんです。てっきり、うちの人が帰ってきたのか、やれ一安心と思ったんですが、なぜ、すぐに家にはいらないで覗いたりするんだろうと不思議に思いました。きっと私をおどかすつもりか……と、おかしくなって、〝なにしよるの〟といいかけて、なにげなく見ると、窓いっぱいに真黒い毛の大きな顔みたいなものが映ってるんです。とっさに私は、頭から水をブッカケられたようにゾーッとして、恐いのなんのって、ブルブル、ガタガタ震えだして、どうしよう、どうしようと息もつまりそうでした。おそるおそる、もう一度窓を見ると、そのときはもう毛のもじゃもじゃした大きな顔はなかったけれど、それでも恐ろしくてたまらず、戸口を破ってはいってくるのではないか――と、生きた心地はありませんでした。たしかヒグマは火を恐れるという話をきいていたので、炉でタキツケ用のガンピの皮をどんどん燃やし、天井に火がつくのではないかと思うくらいにしましたよ。おまけに石油罐をガンガン力まかせに叩いて、とうとう長い一夜を送ってしまいました。夜が明けてから窓の外へいってみたら、大きなヒグマの足跡と、鋭い爪の跡が残っていました。あんなに恐かったことは、後にも先にもなかったですねえ……」

おかみさんは、その恐ろしかった夜をおもいだすかのように、首をすくめるようにして、しみじみと話してきかせてくれた。もの音一つしない原野の夜、いろりを囲んでの話はいかにも真実味があった。

＊

アマッポーとヒグマ

カクレ原野で一夜の宿を乞うた家の主人は、いろいろ、このあたりのことを話した。

「もう十年前のことになるが——、そのころ、秋、トウキビ畑へ毎晩毎晩ヒグマがでて、よく実ったトウキビを喰い荒らされたことがあった。そこで、なんとかヒグマを退治してやろうと思ってアマッポー（据銃）を仕掛けた。

ある晩の夜中、ものすごい銃声がおこった。アマッポーが爆発したのだ。それッ、やったぞ——と、夜明けを待ちかねて、俺が三十番の村田銃、近所の太吉が二十番、同じく音次が大マサカリを持って、トウキビの茂みをかいくぐりながら、アマッポーのところへ急いだ。お互いに警戒して物音をたてないようにし、用心に用心してといったわけなんだ。

アマッポーの弾丸はよく命中したらしく、黒い血、赤い血がトウキビの葉や茎にこびりついており、あたりのトウキビは折れたり、引きぬかれたり、かまれたり——ヒグマのヤツがもがき苦しんで暴れまわった跡が歴然としていた。血の臭いが満ちあふれ、ものすごい光景になっている。

しかし、肝心のヒグマの姿はどこにも見あたらない。とにかく、この苦しみようでは、そう遠くへは逃げられまいと、われわれは用心しながら、トウキビを踏みわけて一歩一歩追跡していった。もう死んでいるか、倒れているかと思いながらの追跡だったが、ヒグマはトウキビ畑から地つづきの官林へ逃げこんでしまっていた。

三人は生い茂った不気味な密林のなかへはなかなかはいっていく勇気がでなかった。なにしろ二、三メートル先は見とおしのきかない老大樹の茂る真ッ黒なジャングルなのである。それに、われわれ三人とも、それまでヒグマなど撃ち止めたこともないズブの素人。オッカナビックリのへっぴり腰でここまで追ってきたが、なにしろ相手は手負いのヒグマだ。これほど恐ろしいものはなかった。

もうやめようか——と何回も同じことを相談したが、つい欲がでて、もしや、そこらで死んでいるのではあるまいかと、欲と二人連れで、欝蒼たる密林のなかへ、勇を鼓して進んでいくことにした。

三人のなかでは一番度胸のすわっている太吉が、銃を腰に抱えこんで真ッ先に森のなかへはいった。あとの二人は、しかたがないという格好で、おそるおそる太吉の後から、十メートルほどの距離でつづいた。見えがくれする太吉の姿を見失うまいと、あまり遅れないように一生懸命に進んでいったわけだ。

ちょっと太吉のからだがジャングルに見えなくなったとき、とつぜん、アーアーッという恐怖におののく悲鳴が二人の耳をつんざいた。太吉がヒグマにつかまったのだ——と直感した。そして太吉のうなる声、断末魔の悲鳴は、ヒグマと格闘しているように感じられる。われわれは、サア大変とばかり、一時に頭へ血がのぼってきて、全身がガタガタと震え、歯の根があわない。しかし、いくら恐ろしくても、ここで太吉を一人で放って逃げるわけにはいかない。二人は意を決して、太吉の声のする場所へ駆けつけた。

ウォーッ、ウォーッとヒグマの怒り狂う声がとどろいた。太吉がヒグマに抱きついたのか、それともかかえこまれたのかしらないが、彼はヒグマとひとかたまりになり、右に左に激しく動いている。太吉も半死半生の無残な姿。ヒグマも重傷を負っているので、猫がネズミを捕えたように、まるでおもちゃのようにされている太吉だった。

われわれが駆けつけたのを見て、ヒグマはますます怒り狂う。太吉は二人を見て、苦しい声をふりしぼって『早く撃てッ』と絶叫した。まさに悲壮としか形容できなかった。

ヒグマは一段と鋭くウォーッ、ウォーッと咆哮につぐ咆哮で威嚇する。私が気のせくまま、銃口をヒグマに向けるとヒグマは太吉をかかえたまま、いきなり銃口へ楯のようにして自分のからだをかばうんだ。楯にされた太吉めがけて撃つことはできないので私は気が焦るばかりだった。私の躊躇がもどかしいのか、太吉はなおも『早く撃てッ、俺を狙って撃てッ』と絶叫してたが、私にはどうしてもできない。右側へまわって狙うと、ヒグマは太吉をそっちへまわして楯にする。とうとう一まわりしたが、どうしてもヒグマを撃つことはできない。

『俺にかまわず撃てッ』

と太吉は叫びつづけたのだが――」

ヒグマとの死闘

「太吉は『アッアッ、いまだ』と、いよいよ危機迫る悲鳴をあげた。ウォーッ、ウォーッと怒り狂うヒグマの声。そして、激しくドサッ、ドサッと格闘する人とヒグマといり乱れて地響きがした。荒れ狂うヒグマは、木の幹にドシーンとぶつかりながら暴れるので、あたりは地震のようにゆれ動く。太吉はもう死んだようになっていた。われわれは頭の毛が逆だち、全身がガタガタと激しく震えるばかり。一瞬、このままではわれわれもやられちまう、逃げよう――という考えが頭をかすめる。しかし、太吉を放って逃げることはできない。そんなことが何回か頭のなかを駆けめぐる。うっかり油断しようものなら、太吉を放りだして、ヒグマがわれわれに襲いかかってきそうでもある！

太吉は、頭、喉、肩と、ところかまわずかみつかれ、骨がかみ砕かれる不気味な音がパリパリッときこえた。もう全身を真ッ赤な血で染めているのだが、それでも気丈な彼は、ヒグマの顔面を叩きつけている。

私は再三再四銃口を向けたのだが、どうしても太吉に命中しそうで引き金が引けない。もう弱りきったのか、太吉の声は絶えた。私は早く早く――と思いながら、右へ左へとまわるが、依然としてそのたびにヒグマは太吉の全身をふりまわす。

思いきって、こんどこそと指を引き金にあてたが、銃口の先はやはり太吉。ヒグマとの間隔二十メートルをたもったまま、グルグルまわるばかりだった。心のなかでは、太吉、仇はきっととってやるぞ――と思いながらも、ヒグマとにらみあうばかりだった。

だが、そのとき、ほんのちょっとのスキを見つけた音次がヒグマのうしろへ突進していった。そして電光石火、大マサカリを力いっぱいヒグマの後頭部へガンッと打ちこんだ。一撃、二撃、三撃――。息つくひまもなくメッタ打ちにしたのだ。私はこの敏捷で勇敢な行動を見て、音次に神様がのり移ったのではないかと、ただ声もでなかった。

ヒグマは太吉をおっぽりだして、音次へ向かおうとした。が、さすが獰猛なヒグマも、頭を割られてはたまらず、ドサッとその場へ倒れてしまった。

音次はヒグマの返り血を浴びて血ダルマになり、ハアッ、ハアッと大きく息をついて、つっ立っていた。自分自身も、この戦果に呆然としているようであった。一方、太吉は虫の息でウンウンうなるばかり。それでもときどき思いだしては、『撃てッ、撃てッ』とうわ言をいっていた。からだじゅうをかまれ、裂かれ、傷口から呼吸をするたびにドクドクと血が吹きだしていた。

われわれは無言のまま、すぐに手拭いや、三尺帯などで太吉に応急の包帯をして、背負って帰った。どうせ、この重傷では助かる見込みもあるまいと、覚悟をしていた。なにしろ病院のある旭川までは三十里もあり、この重傷では運ぶこともできない。早くいえば、気の毒だが太吉の死を待っていたようなもので、いまか、いまかと、薄氷を踏む思いで、運を天にまかせていた。

ところが幌加内のアイヌが、家伝だという膏薬をもってきて傷口へ塗ってくれたり、薬草だという草の根を煎じて飲ませてくれるうちに、太吉は一日一日と元気になっていったから不思議だ。運のつよい男なのか、半年ほど寝たり起きたりしているうちに、また元どおりの元気なからだになり、またぞろヒグマ撃ちにたびたびいけるような頑丈さに戻ったのだ。

倒したヒグマには、アマッポーの弾丸が横腹を貫通していた。こんな場合、一日ぐらいそのまま放っておけば多量の出血で死ぬのだが、瀕死のところへ人間がきたのだから、怒りが爆発して、たちまち太吉がつかまってしまったわけであった。

ヒグマの背丈は八尺もある大きな雄で、毛皮は六畳間いっぱいに敷かれるほどだった。まあ目方は百二、三十貫はあったろう。とにかく大変な大物だったわけだ」

篠路村の浪さん

私はこのカクレ原野できいたヒグマとの格闘の話とよく似た話をすでに知っていた。それは札幌郡篠路《しのろ》村字山口という部落の、明治三十年ごろの開拓時代の話である。

山口部落は石狩川沿いの農村で、山口県から移住した人たちの部落なので、その名があった。この部落もカクレ原野と同じで、トウキビ畑がヒグマに荒らされるのでアマッポーを仕掛けておいたということだった。

その部落に、上野浪治、通称浪さんという男がいた。ある日、仕掛けておいたアマッポーが鳴ったので、浪さんは隣人と三人でトウキビ畑へいき、手負いのヒグマを追跡した。ところがヒグマは、人のくるのを待っていたかのようにかくれていてとびかかり、たちまち浪さんがヒグマにつかまってしまったのだ。

浪さんという男は、五尺八寸もある大男で、若いときからの力自慢。村祭りには草相撲で近郷近在にきこえた力士でもあった。だが、そんな浪さんも、怒り狂う手負いのヒグマとの格闘ではどうしようもない。彼はどうせ助からないと覚悟をきめ、猟友に向かって、前記の太吉と同じことを呼びかけた。

「俺にかまわず、撃てッ、撃てッ」

だが、猟友が銃口を向けると、ヒグマは浪さんを弾防《よ》けにするので撃つことができない。この辺はカクレ原野の場合と、まったく同じだったらしい。

そこで猟友の一人が刃広《はびろ》（角材を削る刃物）でヒグマの頭を打ち割り、ヒグマを倒してようやく浪さんを助けた。

その浪さんは、私が篠路村に在住中、よく家へ遊びにきた親しい知人であった。ヒグマと格闘したときに受けた爪跡は、頭に二筋、三筋――長く毛と皮がむけ、そこが禿げて光っていた。私は子供心にそれをよくおぼえているし、その恐ろしい話が忘れられない。この話は、いまも篠路村の古老はおぼえているはずである。

そうした開拓時代に、もっとも恐ろしかったのはヒグマだろう。秋の収穫時期のトウキビ荒らしに閉口したのがアマッポーであり、同じような話は、北海道各地のあちらこちらに伝えられているのである。

ウサギの止め足

さて、和寒村ガンピ原という小部落に、元篠路村から移住した大前喜代七という人が住んでいた。私はその喜代七氏の家に猟装をといたのだった。

村の周囲は国有の大森林で、そこにはキツネ、キネズミ、タヌキ、ウサギ、ヤマドリなど獲物がまことに豊富だった。野地の大原野は剣淵村までつづき、湿原内を流れる和寒川と、その支流のピヨッペ川など、猟場はいたるところにあった。私はこの猟場を数日間狩り歩いた。猟獲が多いので、まるで夢のような毎日だった。山林内には山の獲物、原野の川にはマガモ、アイサなど、いくらでもいる。

ある日の夕方から降りだした大雪は、朝までに六十センチも積もった。無風の新雪ときては、狩猟の最高の日であり、一冬にこんな好条件に恵まれる日は、めったにあるものではなかった。まさに絶好の狩猟日和だった。

私は喜代七氏を、子供のときから「喜代はん、喜代はん……」と呼び慣らしていた間柄だった。そしてこの日、その喜代はんの案内で、二人ともカンジキをはいて、広い和寒原野へキツネ狩りに出かけた。

家を出てまもなくウサギの足跡があり、追跡すると、畑と防風林との境で、早くも「ウサギの止め足」に行きあたった。ウサギは「止め足」を発見すれば、もう獲ったようなものである。足跡を目で追って見まわすと、かならず近いところに寝場を発見でき、ズドーンと一発である。一夜に六十センチも降り積もった雪のなかでは、ウサギの足跡さえ見つければ、あとは雑作もない。こんな愉快な猟はないくらいのものだ。

利口なウサギは、自分の足跡の臭いを嗅ぎつけて追ってくるキツネや犬などから所在をくらまし、カモフラージュするのが得意である。いわば隠遁の述だ。「止め足」というのは、夜中に活動して食物をあさるウサギが、夜明け近くになって隠れ場をつくる方法である。いままで歩いてきた自分の足跡の上を、上手に後戻りし、四、五十メートル後退するわけだ。人が見てもちょっとはわからないくらいに、前の足跡へ歩幅をあわせて後戻りするのだから呆れてしまう。そして右か左の、木の根株やササの下めがけて四、五メートルもピョンと大跳躍する——。

そのために、それまでつづいていた足跡とはまるで隔絶するので、キツネや犬の追跡の目をくらましてしまうわけである。こんな仕草を、多いのになると回数くりかえしてやるウサギもある。それから雪のなかへ一メートル以上の横穴を掘って。その穴のなかで寝ている。

タカとかワシとかに見つかると、スポッとその穴深く逃げこんで知らぬ顔の半兵衛をきめこむ。またキツネや犬、人間などが足跡を追ってくると、「止め足」のところでまごついているすきに、穴の口から一目散に遁走してしまうというわけなのだ。

ウサギ撃ちに熟練した狩猟家は、穴の口から文字どおり脱兎のごとく跳びだすところを撃つ。また穴の口にいるのを遠くで発見した場合は、射程圏内に達するまでわざとウサギに気づかぬふりをしていく。しかもウサギの正面へはいかず、横目で見ながら斜め、斜めにと遠まわりして、徐々に距離を縮める。

ウサギは、人間は自分のいるところを知らないと思うらしく、じっと注視しながら、万一、真正面にきたら遁走してやろうと身構えている。猟人はそこで、あくまで知らん顔で斜めに近づき、射程圏にはいったとたん、急停止すると同時にダーンと一発、見事に撃ちとめるのである。

素人猟師は、このコツを知らない。だから、まず「止め足」に出あってまごつき、やっとのことで穴の口を発見しても、もはやもぬけのカラで、地団駄踏んで口惜しがることが多いわけだ。

初雪の日のウサギは、まるで猫を撃つようなもので、まことに雑作はない。私たちはこの日、夕方までに十五匹をとった。これ以上とると、もう持ち歩くのに閉口するので、それでやめた。

夜、喜代はんは近所の親しい友人を呼び集め、ウサギ肉の大鍋で焼酎を飲み、ウサギの骨の煮ダシで蕎麦切りを食べ、懇親会のようなことになった。焼酎がまわってきて、はては飲めや歌えの大騒ぎとなって夜ふけまでになった。十三匹のウサギの肉を十人あまりでたいらげるとは健啖家《けんたんか》揃いだが、それもそのはず、みんな造材で、三日で百石の角材を削る強力者ばかりだった。

キツネ狩り

喜代はんは、山から薪材を運んだり、野原から馬のまぐさを運んだりで遊ぶまもないのだが、前日のウサギ狩りにすっかり魅せられてしまい、次の日も私の出猟についていくというのである。

今日は和寒川向いの原野へ、キツネ撃ちに案内するといって仕度にかかった。喜代はんのいうには、ここへ移住した開墾当時は、和寒市街から夜遅く帰るときなど、よくキツネに化かされて、一晩中、原野を歩きまわらされた。そいつをあんたに撃ちとってもらいたいんだ――と、おおいにリキンで狩場案内に立つ。

喜代はんの家から二キロ。和寒川の氷の上を渡ると、早くもキツネの真新しい足跡にゆきあたった。たったいま歩いたばかりのような感じの足跡だった。ところが、たったいままで元気なことをいっていた喜代はんが、キツネの足跡を見ると、サッと顔色を変えた。たびたびキツネに化かされたので、気味がわるくなったに違いない。

われわれは足音や話し声をたてぬように、精いっぱい用心しながら、丈余《じょうよ》の枯ヨシ原をかきわけながらキツネの足跡を追う。

和寒川の堤防を離れると、大原野のハンノキの密林内へと、足跡は潜入している。この密林は大木はなく、樹高二、三メートルぐらいのヤチハンノキばかりである。小枝のよくこんだ見事なものばかりで、小さかったら盆栽仕立てに素晴らしいと思われる。この密林は帯状に原野の中央へ半島状に二千メートルもつきだしている。キツネは、かならずこの密林のどこかにいるに違いないのである。

私は作戦をねり、喜代はんに秘訣をいいふくめて残し、一人でヨシ原に身をかくしながら大迂回して、二千メートル余の半島状の先端へと急いだ。

まもなく突端に達した私は、あらかじめシメシあわせておいたとおり、銃を高く差しあげて喜代はんに合図する。すると、いまや遅しと待ち構えていた彼は、木立の幹をコトン、コトンと軽く叩いて、キツネを追いたててきた。私はそのかすかな音や響きの伝わってくるのに神経を集中する。喜代はんの位置は、叩く音によって見当がつく。

だんだんと音が近づいてくる。六、七百メートルぐらいだな、と考えていたとき、私の耳は小さな音をとらえた。きたなッ、と、ヤチダモの老木のかげに身をひそめ、音のするほうへ銃口を向けて身がまえた。キツネはまだ見えないが、気配がしてくるのだ。静寂な林のなかに微妙なリズムが近づいてくるのである。そして、喜代はんの幹を叩く音が、次第に高くきこえだした。

私は密生する木の幹の間を、一生懸命にすかしながら見守る。と、とつぜん、赤いものが樹間にチラッと見えた。赤ギツネが勢いよく駆けてくるのがわかった。八十メートル、七十メートル、六十メートル、五十メートル。

銃口は向けているが、木々の幹が次から次へと邪魔になって、思うように引き金が落とせない。とうとう四十メートル。手のとどきそうなくらいの近くまできた。チラッと銃口にはいると、まず銃の右身がダーンと火を吐いた。撃ちもらせば左身で——と、銃を握りなおすと、キツネは勢いあまって、五、六メートル先へ投げたようにつんのめった。

私の作戦は見事に効を奏した。銃声をききつけて、息せききって迫ってくるであろう喜代はんが見えるまで、私はキツネに手をかけないで待っていた。

やがて喜代はんは、頭から湯気をたてて樹間から現われた。彼は私が無言でつっ立っているのを知り、手ぶらの私にけげんな目を向けた。私はやはり無言のまま、倒れているキツネのほうを目で知らせた。

喜代はんはしばらくポカンとしていたが、やがて三十メートルばかりのところのキツネを見つけて、いきなり駆けだした。そしてキツネをとりあげて、ちょうど子供がおもちゃをいじくりまわす格好で、喜んだのなんのといって形容の言葉もないくらいだった。両手で高々とさしあげ、「この野郎が人を化かしていたんだな……」といいながら、いきなり自分の首へ、まるで襟巻のように巻いてから、はじめて私のほうを向き、ニコニコ顔でいったものであった。

「たった一発でしとめたんだなあ――」

再びキツネ狩り

われわれは、さらにキツネの足跡を発見して追跡したが、剣淵村界を越えて追っても、ついに姿を見ることができないので、諦めて引き返した。

この村界の和寒川沿いで、カワウソの足跡を見つけた。われわれは八キロ以上も追ってみたが、足跡はついに川の氷の下へはいってしまい、行き先がわからなくなったので断念するほかはなかった。

喜代はんの説明によると、

「昔から和寒川には二頭連れの夫婦カワウソが住んでいる。いままで各地から幾人も猟師がとりにきて、トラバサミなどを仕掛けたが、どうしてもとれなかった」

私は、よしッ、何日かかっても撃ちとってやろうときめた。

その後の三、四日、喜代はんは山から薪材を馬橇で運んできたり、馬料にするトウキビ殻や大小豆殻、あるいは野草などを運搬してきて馬屋の前に積みあげるのに多忙だった。そこで私は毎日一人で、ピヨッペの国有林深くヤマドリ撃ちにいったり、和寒川の氷のはらないところへおりてくるマガモ撃ちをしたり、あるいはウサギ撃ちをしながら、カワウソの状況を観察していた。

ある朝。前夜降りだした雪が十二、三センチに積もった。新雪は絶好の狩猟日和なのである。喜代はんは「今日はおれも行く」といって、おカミさんにソバ団子をどっさり作らせて、弁当に背負った。もちろん、問題のカワウソ撃ちに和寒川へ行こうというのである。

われわれは、新雪の上に輪カンジキをきしませながら、馬力をだして急いだ。しかし、いくら川伝いに歩きまわっても、カワウソの足跡は全然見つからない。われわれは軽い失望を味わいつつ、再び、キツネ狩りに転向することにした。

キツネの足跡なら、この場所へくる間に何回も見ていた。足跡とはいっても、新しい足跡、つまり夜明けごろに歩いた足跡が一番好ましい。宵の口の足跡だと、ご本尊に追いつくことは容易ではないが、夜明けの足跡なら、そう遠くないところに、かならずといってよいくらい寝ている。

喜代はんは、キツネがたったいま歩いたような新しい足跡を見つけた。そして、それを追って、鉄砲を持った私をそっちのけにしてスタコラ急ぐ。鉄砲も持たぬ者が、先頭を行くのだから、これには猟師たる者、啞然としないわけにはいかない。

私はたまりかねて、喜代はんを呼びとめた。

「喜代はんは、キツネを手摑みにするつもりかい？」

それをきいて、彼はハッハアと笑いだした。

「ほんまだ。わしが先に行っても、なんともならへん」

かくして先頭を交替し、私の後からついてくるようになった。

軽い粉末のような新雪には、輪カンもあまり効をなさない。大ザサの葉の上に雪がかぶり、根もとはトンネルのように空間なので、うっかり踏みこめば、ドサッと腰まで陥没してなかなか這いだせない。われわれはこんな苦労をしつつ、交替でラッセルしながら、大ザサ原を乗り越えてキツネの足跡を追った。

足跡は広い原野を横切り、和寒川の堤防の樹林内にはいった。そしてでたりはいったりしたと思うと、こんどは一転して宗谷線の鉄道線路を越え、はてしらぬ大国有林のトドマツ、エゾマツの密林内へと登っていった。そして、やがて山の中腹に達した。

ここの国有林は、千古斧《せんこおの》を知らぬ大密林で、私のはじめて目にするような大木ばかりが生い茂っている。オンコの老大木のごときは、大の男が四人で手をつないでも根もとにまわりきれないくらいである。樹高二十メートル余、ひろがった枝は唐傘のようであった。根まわり十メートル近くにもおよぶカツラの大木も天を覆い、空を見ることもできない。

キツネはこの下を小刻みな足どりで登っていた。もう人間が追ってくるまいと安心したか、悠然たる歩調である。夜中に食物を求めて歩き疲れたところを、朝、人間におどろかされ、とうとうここまで逃げてきたが、もう安全だ、ここらで一寝入りしようと、格好の寝場所を探しつつ登ってきたようであった。これはキツネの習性で、猟人はこれで寝場所の近いことを知る。

喜代はんは、私に遅れまいと、息せききってやたらにカンジキをカチカチと音をたてていた。獲物の追跡に物音は一番禁物だ。そこで私は、急いで登ってくる喜代はんを手真似で制止した。私より四、五十メートルあとから、静かに音をたてぬように——といいふくめた。

姿を発見したら遠射もやむなしと、私はダブルBの銃弾をダブルAに装塡しかえた。足跡の予想に反して、キツネは近くに寝こんではいなかった。小谷を越えること三度。向いの峰の稜線につづいていた。

その足跡の先端に、赤いものが見えた。キツネだッと直感した瞬間、パッと跳びあがった正真正銘の大ギツネ。無意識のうちに間髪をいれずダーンと一発。銃声は静まりかえった山内にとどろいた。相当の遠射であった。

キツネはビックリ仰天して、方向を変え、斜め横の稜線のかげへと消えようとした。第二弾を容赦なくダーンと撃つ。それっきりキツネの姿は見えなくなった。

撃ちもらしたか、と、急いで向う側の小谷へおりてみた。喜代はんは、後方五、六十メートルばかりのところから、私のほうに「逃げたな」と、残念そうな声をあげた。

私は現場へ駆けつけ、もしやの期待をかけて、目ざとく斜面を見まわした。

「やったぞッ」

エゾマツの大木の根もとの窪みに、転がりこんでいる赤いものを見つけた。私は嬉しさのあまり、知らず知らずのうちに大声で、「オーイッ、喜代はーん」と呼んでしまった。いつになく慌ててしまったものであった。

ピヨッペの砂金山

和寒川の支流、ピヨッペ川上流にピヨッペの砂金山がある。

私はある日、この砂金山へ砂金採取現場を見せてもらいにいった。いまではさびれて昔のおもかげはないといわれるが、昔大量に採取したその跡を、今日さらに丹念に掘りかえし、掘り跡を探したり、二番掘り、三番掘りといった具合に、熱心にやっている。彼らは厳寒でも少しも躊躇せず水中にとびこみ、手や足をエビのように真ッ赤にし、血まなこになって汗水をたらして働く。

まず砂金のありそうな川底や、崖っぷちなどを金テコでコツコツと打ち崩し、カッチャで水をいれてかきまわす。それから小石を取り除き、砂を流して、川底に沈澱する砂金を小カッチャという小ホーキで、慎重に丁寧にかき集める。それをネコという流しの樋にかけて砂金だけに分ける。最後にユリボンにかけて、水中で上手に砂鉄などの不純物を流し、残るのは砂金ばかりにするわけだ。

昔、ピヨッペの砂金山のもっとも賑わったところには、砂金掘りは数百人もはいりこんでおり、一日に七、八キロもの砂金を採ったということである。

そのころは、和寒市街の料理屋がどんどんふえて、各地から美人連が乗りこんできて、ソバ屋や飲食店にまで女軍がいた。これらの女軍たちが多勢で代る代るに連れだって慰問出陣となり、砂金をたんまり溜めこんだ男たちに、彼女たちがまにあうかぎりのサービスをして、おみやげに砂金をもらって帰るという寸法だった。

砂金をたくさん懐にしている男は、出張してきた美人について和寒市街へ行き、一週間でも二週間でも、金のあるかぎりは大尽遊びをして暮らした。そして無一物となると、またスゴスゴと山へ帰って、一生懸命汗水流して砂金を採る。相当溜めると、またまた街の美人のもとへ行って、スカンピンになってくる——。

砂金掘りの話が一段落すると、こんどは鉄砲撃ちの話に移った。

狩猟は、ここの砂金掘りたちも好きらしい。人跡未踏の渓谷へ砂金探しに行くときには、護身用として鉄砲を放さないとのことであった。

このピヨッペ川にも、前にはときどきカワウソの足跡を見たことがあった。カワウソは同じところにはけっして長くいないもので、十キロや二十キロは山越えして、川から川へと常に移動している動物だ。川岸でカワウソの溜め糞《ふん》を発見すれば、いつかまたそこへくるのだから、注意していれば、かならずとれるという。

カワウソもまた人を化かす。砂金探検に一人で山で暮していたとき、夜中に目の覚めるような美人がきて、ニコニコして立っていた——と話してくれた男がいる。

こんな美人がどこからきたのだろうかと、不思議に思ったとき、頭から水をぶっかけられたように、ブルブルと身ぶるいがした。再び顔をあげて美女を見なおそうとすると、もうそこにはいなかった。それから怖くなって寝つかれなかったという。翌朝、戸外へ出てみると、雪のなかにカワウソの足跡が川のなかに消えていたそうだ。

この砂金山の砂金掘りたちの天衣無縫の話に花が咲き、とうとう私は泊めてもらうことになってしまった。炉辺へ布団を敷き、一枚の布団に前後から足をつっこんで寝るのだ。砂金掘りたちの布団は、ウナギの寝床のように細長いためであった。

アイヌの狩猟

酋長・榛幸太郎

根室国養老牛温泉から十二キロほど南方、西別川のあたりにシュワンというアイヌの部落があった。ここは何千年か、何百年かの古跡もあり、そこの酋長に榛《はしばみ》幸太郎という男がいた。養老牛の温泉場に祭ってあるヒグマの頭蓋骨は、ほとんど同人の手で葬られたものだという。おそらく四百個以上はあるだろう。

幸太郎の自称によれば、彼は十六歳の少年時代に、はじめて一人で温泉の奥のトックレツの滝（後に私が養老の滝と改名）のほうへ、ウサギ撃ちに行ってヒグマの穴を発見、一日がかりで撃ちとったのを手はじめに、四百五十三頭（私が幸太郎に会った大正六年までに）とのことである。

幸太郎は「世間では自分がヒグマどりの名人だと評判されているが、実はおれが上手なのではなく、飼っている犬や馬がとらせてくれるんだ」と、ケンソンしていた。

冬を除いて、春、夏、秋の三シーズンにヒグマを発見すると、彼は馬に乗り、猟犬四、五頭を連れて追っかける。たいていの場合、ヒグマは五、六キロぐらいで疲れてしまう。ちょっと走るのは早いが、長つづきしないのがヒグマなのだ。そして、口から泡を吹いて、フウフウと息づかいが激しくなる。そこへ猟犬がワンワン吠えたてて、四方八方から追いたてる。しかも背中でも足でもかみつくので、さすがのヒグマも立往生してしまう。

「犬たちはおれが行くまで、ヒグマをどこへも逃がさないようにわめきたてて番をしている。俺は悠々と近づくのだが、ヒグマは犬たちの攻撃にあって防ぐのに一生懸命。人が接近するのさえわからなくなっている。そこをただの一発で撃ち倒すのだ」

と幸太郎はいう。

キツネ撃ちもこの流儀で、初雪三十センチ内外のとき、足跡を見つけたら乗馬で猟犬に追わせる。これもだいたい四キロ余りで、犬にやかましく吠えたてられてブッ倒れてしまう。鉄砲で撃つまでもなく、馬からおりて、ステッキで一叩きにする。運のよい日には、こんな具合で十二、三頭もとったことがあるとのことであった。

昔はワシもずいぶん多く生息していたらしい。天然孵化のために、標津川や西別川はサケやマスが川いっぱいに遡上するが、それをついばむために、ワシは川原へ舞いおりてくる。

アイヌは川辺に穴を掘ってかくれ、その穴の口へ大きなサケやマスをおとりに置いて待っている。ワシは人間のそんなカラクリを露知らず、よいご馳走とばかり舞いおりて、ガッシリと魚を摑む。そこを待っていましたとばかり、穴から電光石火の早業で、ワシの両足にカギを引っかけて穴へ引きずりこむ。こうしてあっさりと生けどりにされ、毛羽を剝ぎとられるのだ。幸太郎は「ワシ摑みとはこのことからはじまったんだ」と、冗談をいって高笑いしていたものである。

温泉の裏に、モアン山（三五六メートル）という小山がある。その麓へ、ある冬、大きなナラの枯木のウロにヒグマがはいっていたのを発見し、幸太郎は一頭をウロから追い出して撃ちとった。ところが数日後、再びこのウロのそばを通ると、またヒグマの足跡があった。もう一頭のヒグマがかくれていたのである。まさか二頭いたとは知らず、一頭とっただけで、みすみすもう一頭を逃がしてしまったのは残念と、幸太郎は地団駄踏んだという。

昭和三年ごろまで、アイヌは幸太郎を盟主にして、毎年春の彼岸に、シュワン部落の一族郎党二十数名の老若男女が湯治をかねて温泉へやってくる。そして雪の下での長い冬眠から醒め、穴から這いだしてくるヒグマをとる。これは彼らの年中行事の一つになっている。

男たちは二、三人で、猟犬五、六匹を一組に、二組も三組もに分れて、根室、釧路、北見の国境を、斜里岳（一五四七メートル）から、遠く海別《うなべつ》岳（一四一九メートル）方面までの山岳原始林内を、ヒグマを追っては捕獲したものであった。

穴から出たヒグマの足跡を発見すると、ソレッとばかりに、一番健脚の若者が犬と一緒になって追跡する。人と犬とで、追って追って追いまくるのだ。若者はたちまち全身汗みどろとなり、着物をだんだんと脱ぎ捨てていく。後からついていく者は、これを拾い集めながら追うことになる。若者はいよいよ最後は裸一貫になってしまい、ヒグマと犬の跡を追う。そして、ついに猟犬に追いつめられているヒグマを撃ちとる。これは一日でも二日でも、夜昼かまわず、ほとんど飲まず喰わずで追っていくのだが、甲の若者が疲れてしまったら、乙の若者が交替し、結局最後は、その組で一番の強者が撃ちとめることになるそうである。

撃ちとったら、温泉にいる留守番やメノコたちに毛皮や肉を運搬にきてくれるように連絡する。これには訓練されている猟犬の頭とか尾とかに、ヒグマをとった印として血を塗りつけ、さあ行けッという具合に追い返す。犬は一目散に吉報を知らせ、いまかいまかと待っていた者は、ヤッタナと喜び勇んで、知らせに帰ってきた犬を先頭にして、捕獲の現場へ向かう。すでに毛皮、肉、骨、臓物などを切りわけて準備完了のところなので、十数人の一隊は意気揚々と帰還するのである。

ヒグマ狩りに出ない日には、メノコたちは小川でヤマベ釣り。老人はオヒョウ（木）の皮を温泉に浸して糸を作り、アッシ織りに励んで衣類の製作にと、壮者、女、老人、それぞれに分業して仲よく暮している。

私が用事で外出できずに温泉で休んでいると、メノコたちがよく遊びにやってきたものだ。彼らの湯治場は、私の温泉とは約千メートルばかり離れたパウシュベツ川のほとりに湧出する俗に裏温泉という丸いカマボコ小屋である。手土産にサケの燻製や、たまにはヒグマ肉の燻製を持ってきてくれた。燻製はとびきり上等の品で、とてもシャモ（和人）の真似のできない美味なものばかりでありがたかった。

温泉場とはいっても未開の地である。標津の大国有林のまんなかのような所で、人家は一番近い隣でさえ、十五キロも離れたマタオチ部落か、西別川最上流の道水産試験所の西別孵化場、あるいは三十キロも離れた北見の上札鶴部落ぐらいのものだ。ほとんど人も住んでいないので、湯治といっても、冬にスキーでマタオチ部落の若者が二、三人連れだってくるくらいのもの。養老牛温泉など、世人に知られてはいない。

当時、私は二十二歳で、婆さんと二人で住んでいたから、幸太郎もよく遊びにきてくれたが、特にメノコたちはよくきたものだ。メノコといっても、口のまわりに入れ墨などをしている者は一人もなく、シャモやらアイヌやらわからないように美人揃いであった。若いお嫁さんや娘たちは、みんな朗らかな人たちばかりで、いつきてもキャッキャッと大騒ぎして遊んでいく。

婆さん用の焼酎や、婆さんの作ったドブロクなどがあるときは、ご馳走すると、酔っぱらっては滑稽な話を持ちだして、座敷じゅう転げまわって笑いあったりした。「シャモ、持ちあげろ」。持ちあげというのはなにかと思ったら「ホテシハのことだとよ」。

ウワッハッハッハ、ホッホッホ——と、涙をこぼして大笑いし、一日じゅう賑やかに遊んでは、夕方、日が暮れかかってから、彼らのカマボコ小屋へ引揚げていくのである。

山の雪も消えて、温泉付近にフキ、コジャク、フクベラ、ウドなどの山菜が芽をだしかかると、彼らの一行はヒグマの毛皮や、肉の燻製、ヤマベの焼き干しなど、たくさんの獲物を分けて背負い、湯治とヒグマ狩りの行事を終えて、祖先伝来のコタン、シュワンへ帰っていく。

私は毎年春、彼岸にはいると、幸太郎一族の温泉入りを一番の楽しみに待つようになった。

ある年の三月、雪穴から這いだした親子三頭連れのヒグマを追跡した。マタオチ川と忠類川との分水嶺のトドマツの密林内で、遊んでいるところに接近して親ヒグマを射撃した。

だが、たしかに弾は命中したが、急所をはずれたのか致命傷にはならず、血を流しながら、親子三頭は逃げていった。相当な血痕の量なので、そう遠くへは行くまい。もう倒れているか、もう倒れているかと、血まなこになって追跡したが、日が暮れてからの薄明りでは、再び姿を見つけることはできなかった。暗くなってしまっては万事休す。おまけに手負いときているので、危険だから明日のことにしようと、ひとまず中止した。

ところが、その夜から寒波は激しくなり、春日で解けた雪が、一夜にしてカンカンの堅雪となり、雪原は馬でも歩けるくらいになってしまった。ヒグマの足跡はどっちへ行ったのか、皆目見当もつかない。堅雪だからスキーもカンジキもいらず、つぼ足で枝の上を走るように駆けまわれた。マタオチ国有林の密林を、峰越え、谷越え、力いっぱい広い林内を右に左にと探しまわったが、どうしても見つけることができず、とうとう諦めてしまった。

ちょうど温泉へ幸太郎がきていたので、この話をすると、それはきっとあまり遠くへ行かないで死んでいるよと教えてくれた。

「おれは明日、日高へ若者を連れて行くことになってるんで残念だなあ……。犬に探させれば、すぐ見つけるんだが……。まあ、もう一度よく探して見なさい」

しかし私は、温泉で米と味噌が欠乏したので、九里の道を川北の店まで買い入れに行かねばならず、心ならずもヒグマを探しに行けなかった。

雪が解けたころ、ヤマベ釣りがマタオチ川の奥で、川のなかで死んだヒグマを発見したという話を湯治にきた人からきき、私は地団駄踏んでくやしがった。あのときは山ばかり探して、川には気もとめなかった。川も探せばよかったと後悔しても、もうあとの祭り。つくづくアイヌのように、よい猟犬が欲しいな――と痛切に感じたものであった。

さんけ爺々

根室国川北原野、さんけ爺々《ちゃちゃ》と呼ぶ老アイヌが一人住んでいた。ムサ川の支流、イロンネベツ川上流で、清水の湧く小池があり、この池には夏はマス、秋はサケが遡上してはいってくる。

その池を、チャチャは自分の庭園のようにとりいれた小屋を建て、室内から眺めながら、マスの時期にはマスを、サケの時期にはサケを、好きなときに好きなだけとって食料にした。そして、ヤマベ、イトウ、イワナ、アカハラなどを、年がら年じゅうだれにもとられる心配のない天然の貯魚場に飼っている寸法なのであった。

チャチャは、もうここへ陣どって何十年か生活しているこの地方きっての古老で、名前はほかにあるのかもしれないが、みんなからサンケチャチャと呼ばれて、それでとおっている有名なお爺さんである。

私はある冬の日、キツネを追跡しつつムサ川を遡行し、キツネは逃がしてしまったが、チャチャの住居を訪問することができた。縫針一本落としてもわかるような、澄みきってきれいな池の水、そこに二坪ばかりのササ葺きの三角小屋（一名、拝み小屋）がある。これが標津原野に名だたるサンケチャチャの城だった。

私が二連銃を携えて訪れたので、チャチャはすぐ猟人とわかり、仲間だという親しみのこもった声で、「シャモ、はいりなさい」と機嫌よく迎えてくれた。

私は入口の莚をまくり、腰をかがめて小屋へはいった。低いササ小屋のなかは、すみからすみまで真ッ黒く焼けて黒光りし、一種独特な荘厳な感じで、煤の臭いがツーンと鼻をついた。室内のすべてが燻製ならざるはなしである。私はすすめられるままに炉ばたに腰をおろして、いろいろチャチャの若いころからの狩猟談を探りだそうとした。

私はまずチャチャの年をたずねた。チャチャは非常に困ったという顔色で、考え考え語りはじめた。

「ニシン喰って、マス喰って、サケ喰って、雪降って、ニシン喰って、マス喰って、サケ喰って、雪降って、ニシン喰って、マス喰って、サケ喰って、雪降って……」

十数回くりかえしたが、こんがらがってややこしくなった。「タメ（駄目）タ、アイヌ、パカタシケ、ワカンナイ……」と、やめてしまった。ニシンを喰っては春を、マスを喰っては夏を、サケを喰っては秋を、そして冬は雪を友として数え、これで四季、一年としていたのである。

チャチャは、こんどは小屋の真正面の黒光りする柱に、一本一本細くナイフで刻みつけた筋を数えだした。何十筋かの印は四季をあらわしたものらしいが、それでも何十年になるのか、わからないようであった。

白髪白髭といいたいところだが、黄色に煤けて、いっそう貫録を示している。まず九十歳以上であろう。そのたくましい骨格は、壮年時代がしのばれる思いがした。

遠く石狩の大雪山を跋渉してヒグマをとり、知床半島や羅臼岳ではヒグマと組み打ちして生けどりにしたり、今日ではソ連領の千島の爺々山（チャチャヌプリ）で、一冬にヒグマ二十数頭をとったり、勇壮無比のヒグマ狩談をボソボソと静かな低い声で話してくれた。

チャチャのセカチ（子供）のころには、北見の紋別《もんべつ》から網走、斜里、ウトロまでの海岸には、日暮れになると、何百頭、何千頭とも数知れぬシカが集まり、海辺が黄色くなるほどだったという。原野や奥山からでてきて塩水を飲み、海草を食べるのだぞうであった。そこへ、これまた何百頭ものオオカミの大群が山奥からでてきてシカを狙い、喰うか喰われるかの大闘争が毎日毎日くりひろげられていた。

チャチャが猟を盛んにやっていたころには、朝食前にヒグマを一頭、昼に一頭、夕方にまた一頭と、三頭とったこともたびたびあったというくらいである。

チャチャのケリ（履物）は、サケの皮を剝ぎとり、それをうまく縫いあわせてつくる。イトウ（魚）の皮でもケリを作るが、これは冬には一番大切な履物としていた。土間に置くと猫やネズミにかじられたり、喰われたりするので、山から帰ってくるとすぐ、高い壁に吊りさげておくとのことだった。そのときも、まるで飾りもののように大事そうにしてあった。

シカは根室原野にはずいぶんたくさんいたが、ある冬の大雪で全滅したと語り、チャチャのおもいで話はつきるところをしらなかった。

老アイヌの昔話

札幌から苫小牧への汽車がまだ敷設されていなかったころ、私は猟友の馬場三郎と、千歳川へカモ撃ちに行ったことがあった。

早朝の三時に、二人は篠路から徒歩で出発し、札幌の豊平橋を渡るころ、夜が明けかかった。十二キロの路程を、月寒の二十五連隊を過ぎ、島松、広島、漁《いざり》を経て、足の裏にいくつものマメをこしらえビッコを引き引き、千歳市街のささやかな二階建ての宿屋へ泊めてもらった。千歳市街といっても、千歳川の橋の手前に十軒とは人家がなかった。橋を渡ってすぐの私たちの泊まった宿屋は、千歳にはたった一軒の宿屋であった。経営者は老夫婦二人きりで、私たち以外には客はなかった。

宿屋のいろりの上には、サケの白子の焼干をスゲ縄で編んで何百連も吊り下げ、乾燥だか燻製にしているのかしていた。

この千歳川は支笏湖を水源とし、江別で一緒になる石狩川の支流である。石狩川を遡ってくる大量のサケやマスが、産卵期にこの支流へはいってくる。上流には、北海道屈指の施設を誇る千歳の孵化場が経営されている。

カモの群れは、サケが川底へ産卵した筋子を拾って喰う。この川は冬でも少しも氷が張らないので、石狩原野のカモは、ほとんど千歳川へ集まって冬を越すのである。

われわれがまずおどろいたのは水のきれいなことであった。篠路村内のどの川でも少々茶色に見えるので、だいたい水はこんな色なのかと思っていたが、千歳川の青味がかった美しい流れに目を見はったものである。大寒だというのに水蒸気が川幅いっぱいに立ちのぼり、川に覆いかぶさっている。神代からの老木に朝は白銀の霧氷の花が咲き、朝日を受けて金や銀に輝くありさまは形容の言葉を知らない。

矢のように流れる水のなかに、サケの姿が見える。雌サケは深淵に、あるいは手の届きそうな浅瀬に、川底の砂礫を尾ビレで掘り起こして卵を産みつける。すると雄サケは素早く白子をかけて、これまた尾ビレで砂礫をかけて埋める。この動作は実に迅速で、それこそ目にもとまらぬ早業だ。終始、雌雄が追いかけあいをして、ちょっと見ると喧嘩でもしているような感じがする。このいとなみが、川のいたるところで行なわれ、ガバッ、ガバッと水音高く跳ねかえっている。

宿屋の少し先に千歳巡査駐在所があり、そのまた隣に帝室林野局千歳出張所があった。この方面の大森林のほとんどは御料林で、狩猟家が無断で出入りすることを禁じられている。この林野局出張所から少し行くと小川があり、これも結氷しないので、いろいろな種類のカモが生活していた。とにかく、千歳川にはたくさんのカモが遊泳しているが、なかなか人を寄せつけない。

この川にはサケの密漁者が多く、夜となく昼となく密漁が行なわれるので、その看守が幾人もいて、かわるがわる川辺を行ったりきたりして監視は厳重だ。そのためにカモは、人を見るとすぐ飛び立ってしまう。

われわれは、まず川の状況を偵察しようと、市街から十キロ余り上流の千歳孵化場を見学しに、曲りくねった川沿いの雪道を、上流へ、上流へと急いだ。川の両岸にはカヤの階段葺きの小屋が、一戸ポツンとあったり、二戸、三戸と建っていたりした。全部アイヌの住居で、家の前の水汲み場には、たいてい一艘の丸木舟がもやってあった。はじめて見る目には、どこかで見た絵のようである。

孵化場の前の川幅は四十メートルもあろうか。水中のトメにサケがせきとめられ、それより上流へ遡ることができず、押しあい、へしあいして、川底の砂利が見えないほどであった。何千、何万尾とも数えきれぬ大群が、バチャン、バチャンとひしめきあい、跳躍するのは壮観だった。トメから落下する滝の音と合して、まさに耳を聾せんばかり。私はしばし、その光景に恍惚となり、ときのたつのも知らずに立っていた。私たちは帰りながら、マガモ五羽を撃ち落としたが、急流のために流失してしまい、ようやく二羽だけ拾いあげた。

＊

この一日で、私たちはだいたい川の状況がわかったので、翌日から本格的に、千歳川のカモ猟を展開することにした。

川のカーブ、カーブでよい猟果をおさめることができた。カモの多くは直流よりも、カーブの淀みにいたし、また撃ち落としてもすぐ流失することはない。直流ではほとんど流失してしまう。

ある日、私は市街から六キロ上流でマガモの大群に遭遇、彼らにさとられぬように接近して、遊泳中と飛びたちを二弾連射して、一挙に九羽を落とした。ところが岸へ流れついたのは三羽きりで、あとは川のまんなかの急流を水勢のままに流れていく。私は岸へ流れつくことを念じながら、足場のわるい川岸を汗だくで追いかけた。

ちょうど、すぐ川辺にアイヌの家があり、小舟が見えたので、すぐ家へ駆けこんだ。

そして、心せくままに早口でたのんだ。

「すみませんが……カモを撃ったが、流れて行くのをとってくれませんか……」

室内にはいろりのかまちに腰をかけて、五、六人の男女がいた。みんな顔を見あわせて、だれも返事をしてくれない。私は、カモがぐんぐん流れていくのが目に浮かんで、一分一秒を惜しむ気持だった。思いきって、再度頭をさげていった。

「早くたのみます」

すると、そのなかの一人の男が、

「お前、とってやれ」

と、娘だかおかみさんだか見当もつかぬ十六、七歳のメノコにいいつけた。

私は一瞬不満だった。立派な大男がいるのに、こんな女にいったのが——。だが、メノコは素直に立ち、じろっと私の顔を振り向いてから、無言で外へでて、川辺の丸木舟のところへおりていった。

しかたなく、私もそのあとからセカセカとついていった。彼女は身軽く舟に乗り、私にあごをしゃくった。

「オメイも乗れ」

私はメノコ一人でカモを拾ってきてくれるものと思っていたので、すっかりマゴツ

いてしまった。そして、メノコに、

「オイ、早く乗れっ」

と命令された。

私の故郷（生まれは香川県）では、「取ってやれ」とか、「オイ、乗れ」とかいうのは、よほど目下の者でないかぎりいわない。乞食が食物をもらいにきても、「やれ」とはいわず「あげる」という。ところが、ここでは女が男に向かって「オイ、乗れ」である。しかし、いまはそんなことを怒っている場合ではなかった。

私は無造作に、幅六十センチぐらいの細い丸木舟のなかへとびこんだ。ところが丸木舟の中心をはずれていたので、舟は左右に大きく揺れ、いまにも水をすくいこみそうになった。私は慌ててしゃがみこみ、両手で力いっぱい舟べりにしがみついて悲鳴をあげた。

「やあッ、これはおっかない」

メノコは、舟がグラグラ大揺れしても平気で、私のおっかながっている格好がよほどおかしかったと見えて、ニタリニタリ笑いながら叱りつける口調でいった。

「ケツノ、オモッタイヤツダ……」

彼女は細い丸木舟を、矢のように流れる中流へ細いサオを突きだして乗りいれた。

立ったままで丸木舟の中心をとって、下へ下へと鮮かにあやつって、水勢まかせに下っていく。

カモは二百メートルばかり下流の、カーブの深い淵でクルクルまわっているところを拾いあげた。いまにも引っくりかえりそうな丸木舟がなんとも気味わるく、カモをとってもらったから、すぐ岸へつけておろしてくれと、私はたのんだ。

だが、彼女はすぐ岸へつけようとはせず、もとのところまで帰ってつけると、強情にいいはった。そして、急流をものともせず、サオがシワルほど突っぱり、突っぱり、グングン遡っていく。

そのうえ、私があまり恐ろしそうにヘッピリ腰でしがみついているのをおもしろがり、大揺れに揺り動かし、転覆寸前のような格好になるので、私はそのたびに「アッ」とか「ウウン」とかの悲鳴をあげる。

彼女はやはりニタリニタリしながら、

「シャモノ、イクジナシ」

と、うそぶいて、わざわざ左右の両股をかわるがわる踏んばって、クルクルッとローリングさせて喜んでいる。

ようやく元の場所へ漕ぎあがってきておろしてくれた。私は十年ばかり寿命がちぢまったと思った。もうカモは流しても、丸木舟なんかに乗せてもらうまいとホゾを固めた。

＊

カモはずいぶん多く撃ったが、流失が多く、毎日の獲物は意外に不振だった。ある日の夕方、飛び立ちを撃ち落とした二羽のカモがあいかわらず流れていった。浅い岸辺のことでもあり、膝まではあるまいと、思いきってきれいな流れへとびこんだ。ところが、水深は腰の辺まであって、一瞬おどろいた。が、はいってしまったのだからしかたがない。エイままよ、と五、六メートル追っていってようやく拾いあげた。しかし、すんでのことで青々と淀んだ深い淵へ押し流される危ないところで、死に物狂いになって岸へはいあがった。

腰から下はズブ濡れになり、早く宿屋へ帰らねばと急いだが、なにぶん一月の厳寒のことである。見る見るカンカンに凍りはじめて、一時間もしないうちに、ついにブリキの服を着ているように固くかたまってしまった。

からだじゅうブルブルとふるえだし、もう一歩も歩けなくなって、万事休すという惨状とあいなった。日は森のなかへかくれ、寒気がヒシヒシと喰いいるように攻めよせてくる。

万策つきて、恥も外聞もなく、川辺の小さなアイヌの家へとびこんだ。冷凍人間一歩手前だった。

私は低い入口へ腰をかがめて首をつっこんでたのんだ。

「ちょっと火にあたらせてください。川へはいったので……」

家のなかには、アイヌの老夫婦と、一人の娘の三人しかいなかった。恐ろしそうな顔に似あわず、親切によく乾燥した薪をどっさりいろりにくべてドンドン燃やし、ブリキ同然になったからだを暖め、乾かしてくれた。

室内にはいったときには、薄暗くて顔もよく見えなかったが、だんだん目が慣れてくると、焚火の炎で、家のなかの様子や家族の顔がよくわかるようになった。

老アイヌは、顔じゅうヒゲだらけで、目ばかりが奥のほうでピカッと光っている。老女は口のまわりにカイゼル型の入墨をしていた。だが、娘があまりにも美しいのには、思わずおどろきの目を見はった。

わるいとは思ったが、何度も見なおしたが、伏目がちの実に素晴らしい美人である。私は内心で、これはメノコではないぞ、どこかの娘が遊びにでもきているに違いないと自分勝手にきめた。

遅くならぬうちに宿屋へ帰らねばならないので、私は衣類の表面だけ乾いたところで、アイヌの家を辞した。老夫婦は、ゆっくりしていくようにと親切にいってくれたが、礼を述べて立った。

そして夜道を急いで、いつもよりやや遅く宿屋へ帰った。この家の老夫婦もいたって親切な人たちで、あまり遅いので川に流されたのではないかと心配し、無事に帰ってきたので、とても喜んでくれた。

私が夕食後、例の美人のことを話すと、

「あの子は、ここらあたりはおろか、室蘭街道一の評判の高い美女だよ」

と、婆さんは自慢していた。そして、

「あれがほんとの、トンビがタカを生んだというもんだよ」

と、つけ加えたのであった。

＊

翌日、私は千歳川のカモ猟に急に冷淡になった。前の日に服を乾かしてもらったアイヌの家と、実に美しいあの娘のことで、心がカラッポだったからだ。

「あのアイヌに、どうしてあんなきれいな娘が……」

謎はどうしても解けない。宿の婆さんがいうように、トンビがタカを生んだとしか思えない。そこで私は昨日の礼に、一袋の菓子をみやげに再びアイヌの家を訪ねた。

老アイヌに「まあ、掛けし」とすすめられていろりに足を踏みこみ、炉框《ろがまち》に腰をおろした。肩まで長髪を垂れ、顔じゅうのヒゲも煤けて見える。ちょっと見には恐いが、どうして、なかなか柔和な老アイヌだった。

彼の物静かにボソボソと語る昔話はおもしろかった。

青年時代にはコワイもの知らずで、北海道を股にかけて、あるときは同族との戦いに、またあるときはヒグマ撃ちにと明け暮れたというのである。特に、樽前《たるまえ》山、手稲《ていね》山、羊蹄《ようてい》山、雄冬《おふゆ》の岬から、遠くは大雪山、十勝岳、斜里《しゃり》岳、さらに知床《しれとこ》の硫黄山までの山岳、原野、森林を跋渉しての狩猟生活は、身の毛もよだつ冒険や、壮烈きわまる戦いなどの連続だったようで、一日や二日きいてもつきることがなかろう。

「この千歳川では、もう七、八十年前には、ヒグマが川へサケやマスをとりに山からでてくるのを待って、ブシ矢で射とめた。二頭でも三頭でも、われわれの姿さえ見せなければ次々に撃ち倒すことができたもんだ。鉄砲は音が大きいから、一発撃ったら他に何頭いてもびっくりして逃げてしまうので、ブシ矢よりわるかった。しかし、ブシ矢はあまり遠くては撃てないが、鉄砲はブシ矢より何倍も遠方のヒグマを撃ちとることができる。ブシ矢と鉄砲には、それぞれ一長一短があるのだ」

そんなふうに述懐もしていた。

老アイヌは、彼らの祖先から何百年間も、この千歳川を根拠地にして生活していたのだという。川にはサケ、マスが豊富で、どの川より多いので、食料にはこと欠かなかった。おまけに、川の魚をとりに山からでてくるヒグマをブシ矢でとるのは雑作なく、年中とれた。だから、北海道でもこんなによい土地は他にはないと思っていた——という。

ところが、シャモ（和人）がくるようになり、この上流に孵化場ができたので、サケやマスがとれなくなった。

「昔から先祖代々とってきたおれたちの川の魚がとれなくなって、腹が立ってしようがない。でもアイヌはバカだから、どうしようもないのだ。シャモに自由にされて、昔のことを思うとなさけなくてしようがない。二、三年前には、仲間の者がサケの密漁をしたといってつかまり、監獄へいれられるところをおれたちみんなでお願いして監獄へいかずにすんだ。しかし罰金をたくさんとられ、みんなで少しずつ金をだしあって払った。とにかく、先祖から何百年も生活してきた川をとりあげられてしまって、川辺にいながらサケ一本、マス一本喰うことができなくなって、ほんとうにつまらないことになったもんだ……」

と、かきくどくようにいいもした。彼らはほんとうに何百年もの昔から自分の川だと信じていたのであり、それをシャモがきて奪ったと思っているのである。

たしかに日本人（シャモ）がくる前は、アイヌたちは千歳川を自分の川だときめていたのだろうし、サケやマスの遡上する川を、それぞれの酋長が約束して分け、平和に暮らしていたに違いない。なにしろ、彼らには政府も法律もなかったから、口約束で所有権がきまっていたらしい。そこへシャモがはいりこみ、日本政府の法律で、彼らの権利を何も認めなかった——かどうかは私にもわからないが、私が子供のころ、ずるいシャモがアイヌの宝物をだましとったという話はよくきかされたものであった。

真の北海道人であるアイヌは、太古から北海道の番人の役をはたしてきた。この開拓の先駆者としてのアイヌは、いまにして思えば、まことに気の毒である。最近ではだんだんと種族も減っていくそうだが、いまからでも遅くはない。心ない者が傷つけた罪ほろぼしに、なんらかの優遇の手を打つべきであろう。

＊

老アイヌのヒグマ狩りの話はつづく。

「ヒグマ撃ちは、春の彼岸ごろ、冬眠の穴からはいだした直後を発見するのが一番とりやすい。春三月、野も山も堅雪になると、穴からでたのを発見して、仲間二人か三人と、犬二、三匹を一組として、追跡して行く。親子三頭連れのヒグマなどは、犬がワンワン吠えながら追跡すると、子ヒグマはかならずといっていいくらい木に登る。それをわれわれが登っていって雑作なく生けどりにする。

子を捨てて逃げていった親ヒグマは、犬と人で追いかける。急追に次ぐ急追となり、仲間でも一番足の早い丈夫な者が、汗を流して一生懸命に追いかける。上着も下着も次々に脱ぎ捨てて、しまいには鉄砲だけ持った真っ裸になって駆けていく。それらの脱ぎ捨てた衣類は、後続の部隊が、拾い集めながら、足跡を辿って追っていく。

犬は、ヒグマに追いつき、前後左右からヒグマの隙を見てとびかかり、かみつく。ヒグマはなかなか犬にかまれるようなことはないが、うるさくつきまとう犬どもを叩き殺そうと、両手を振りまわして追っぱらおうとあせる。身軽な犬は、巧みに右に左にと身をかわしつつ、火がついたように吠えたてる。

こうしたヒグマと犬との格闘で、ヒグマは完全に逃げ道をはばまれ、立往生してしまう。少しでも犬がひるむと見て、逃げ出そうとすると、うしろから背中や尻めがけてとびかかられるので逃げだすことはできない。

そこへ射手がいく。ヒグマが猟犬にいじめられて血まなこで防御一方になっている間に、感づかれぬように熟練した動作で接近し、ただ一発で仕止めてしまう。そして撃ちとると、後続の仲間の到着を待って休憩する。

後続部隊が到着すると、ヒグマを釘づけにした愛犬たちにヒグマの肉をそいで喰わせ、血を猟犬のからだに塗りつけて、もときた道を追い帰す。猟犬はよく訓練されたもので、肉を喰い、血を塗られると、喜んで一目散に部落とか出猟中の根拠地へ脇目もふらずに駆けて帰る。

留守番のメノコたちがいまや遅しと待ち受けているところへ、嬉しそうに尾をふって血を塗られた犬が帰ると、その印を見て『それっ』と、彼女たちは出発する。身仕度もかいがいしく、猟犬を先頭にして現場へ到着。すでに解剖されたヒグマの毛皮や肉をわけあって持ってかえる。そして、その夜はヒグマ送りの祭典が厳粛にくりひろげられるのだ」

老アイヌの話は、ざっとそんなふうだった。

彼はさらに、樽前山から石狩原野にかけて、シカがうんと棲んでいたことも話した。シャモが開墾にかかってから、山や野原に落ちているシカの角を拾って売った。角買人は一貫目三銭で買い集めたという。これを毎日、室蘭街道を道産子の馬で運んだ。馬子一人で五、六頭つないで一隊とし、シャンシャンと鈴を鳴らして、夜となく昼となく室蘭の町へ運送していったものだ——と、昔のシカの角の搬出状況などもきかせてくれたものであった。

ヒグマとの戦い——その2
千島エトロフ島のヒグマ

エトロフ島へ

私がエトロフ島へ行ったのは、昭和十二年八月のはじめで、根室港から小形の発動機船で、国後《くなしり》島の東岸に沿って北上した。

国後島とエトロフ島の間の水道は急流で、あまり船に乗ったことのない私は、小船が流されるのではないかと、いらぬことに心を痛めた。海の波しぶきのなかを、無数のイルカが舞うようにシュッ、シュッと跳躍しているのが壮観であった。

単冠《ひとかっぷ》湾は、エトロフ島唯一の良港で、周囲は屏風を立てまわしたような高山で、海底は深く、小船は錨をおろしてもとどかないという。ここはのちの太平洋戦争初期、真珠湾奇襲のときに連合艦隊が集結したことで有名になった。

私たちは、朝、根室港をたって、二ヵ所に寄港して、夕方、紗那《しゃな》港へ上陸した。この紗那はエトロフ島のオホーツク海側の港で、大きな町である。われわれは紗那の駅《えき》逓《ていじょ》所に旅装を解いた。駅逓は私の同業者で知人であった。ここで明日からの行動について、いろいろとプランを練った。

見るもの、きくもの、珍しいことばかりだった。町の家屋や建造物は、潮風や海霧に吹きさらされて、白茶けてちょうど北海道で千五百メートル以上の山頂にある三角点の標石のような感じである。すべてに少しの艶気もなく、カラカラになった油気のないダシカスのような気がした。

年萠《としもえ》、有萠《ありもえ》には捕鯨の工場があり、鯨骨が山のように海水にさらされ、鯨粕を乾燥する莚が浜辺に何千枚もひろげられ、天日に乾されていた。その臭いことといったら、それこそ鼻もちならない。はじめてこの臭いを嗅いだとき、私はムカムカと吐き気をもよおした。サケ・マスの罐詰工場もあり、そこで働く女工たちが、まるで娼婦のように厚化粧しているのにはおどろかされた。きくところによると、この女たちは男たちの奪いあいの標的で、奪いあいをやったり、やられたりで、白粉や口紅を塗りたくって、競いあって男たちに可愛がられようと媚態をきわめているとのことだった。いずれも北海道や、遠くは秋田、新潟あたりからの出稼ぎ女たちらしいが、こんな遠いところへ、若い娘を一人でだしている親たちの気心ははかり知れない。

私たちがエトロフ島にやってきたのは、脊梁に聳える指臼《さしうす》山の硫黄鉱の探検が目的である。紗那から二十八キロの山道を、駅逓官馬に探検道具や食料品を背負わせて登っていった。

指臼の山道とは名ばかりで、何年目かに手入れする程度。たまに指臼温泉へ往復する人たちの他は、ほとんど通行のない無人境の荒れた道である。馬の足がぬかりこむ野地の湿地あり、橋は腐って落ちているところもあった。橋脚だけが残っていて、人間はどうにか渡れても、荷物を積んだ馬を通り越えさせるのにはひとかたならぬ苦労をした。朽ちた橋、落ちた橋に行きあたるたびに、またか、またかと悩まされつづけた。

道の両側は根曲り竹の密生で、それこそ足を踏みこむ隙間もない。何百年の昔から生えては枯れ、生えては枯れした新旧の竹がビッシリとからみあっており、おまけに、その間にハイマツがわりこんで、地面すれすれに枝が這っている。しかも、その間にさらにシラカバが、これも頭をあげることなく、地面を舐めるように枝をのばしている。彼らの生存競争のたくましさは、北海道の山野ではとうてい見られぬものであった。

北海道では貴重な高山植物として愛玩されているチングルマやチョウノスケソウなどが、地表一面に生え、土足で踏みつけるのがもったいないくらいだ。はじめのうちは遠慮しいしい歩いたりして、われながら馬鹿正直さに苦笑せざるをえなかった。

エトロフ島脊梁の旧噴火口原の湿地には、千島独特の数百種の高山植物のお花畑が広くひろがってつらなり、目をさえぎるものなく展開されていた。その眺めは、まったく形容の言葉がなかった。目的地の指臼はまだまだ遠いので時間は惜しいが、高原の珍奇な植物には、つい足を釘づけにされてしまう。

「オーイ、こんな花が……」

「ここにも、こんなきれいな花があるぞ」

と、お互いに血まなこになって探し歩いた。北海道の高山で、春、夏、秋と季節的に咲く花が、ここでは一時に咲き、巡覧《じゅんらん》さを競っているのだった。

ユキワリコザクラ、ウルップソウ、アツモリソウ、エゾキンバイ、チシマキキョウ、イワキキョウ、イワウメ、イワカガミ、イソツツジ、ヒメシャクナゲ、ガンコウラン、キバナシャクナゲ、エゾノツガザクラ、アオノツガザクラ、ナガバツガザクラ、シラタマノキ、ミネネオウ、ジムカデ、ツルコケモモ、イワヒゲ、ナンキンコザクラ、グイマツ、アカエゾマツ、シンパク……。このほか、私の知らない品種はいくらあるか見当がつかない。一本一草、高山植物ならざるはなく、灌木類は幹の太く短いガッチリした見事な盆栽ものばかりである。

われわれは、目を皿のようにして、何十万坪という広い高原の湿原のお花畑を駆けずりまわった。

指臼の硫黄山

思わぬ道草を喰って時間を空費したので、われわれは指臼山を真向うに眺めながら足を早めた。

雨あがりの湿地の、羊羹のように柔らかい黒い泥土のなかに、大きなヒグマの足跡があった。鋭い爪の喰いこんだ跡がハッキリわかる。はじめは一頭かと思ったが、だんだん気がついてみると、なんと三頭だとわかった。彼らの足跡のついた道をわれわれも行くのだから気味がわるい。

私はウインチェスター十五連を装塡して、先頭を進んでいく。私が小用のためにちょっと後になったとき、駄馬はヒグマの臭いがわかり、大きな鼻息をフウーッ、フウーッと鳴らして尻ごみして前進しない。路傍には、行っても行っても珍しい高山植物がつきることないのだが、もうヒグマの足跡以外には目にはいらない。いつどこでヒグマがあらわれるかわからないので、油断することはできない。

途中でヒグマの足跡がなくなったので、ヤレヤレと安心して登っていったが、二キロも行ったかと思うころ、またまた足跡があらわれ、気を許せなくなった。かくして二時間以上にもわたって、われわれはヒグマと一緒に歩いているような気持を味わった。

やがてエトロフ島の、東西の分水嶺に達した。ふり返れば、西方、目の下に紗那港が眺められ、オホーツク海ははてしない雲霞のなかにとざされて渺茫《びょうぼう》としている。一転して東方は、山巓重畳《さんてんちょうじょう》として、渓谷は深く懐をえぐって無数に海岸へ駆け走って、ただただ青い樹海だけであった。遠い太平洋の海岸線は、白波が一線を画しているのが目にはいる。洋上数千メートル先にポツンと黒煙を残して北進するものがあり、双眼鏡で探索すると、黒い箸ぐらいのものが波間に見え隠れする。同じ間隔をおいて進む三体は、北洋警備の日本軍艦ででもあろうか。

山巓の赤土の小道は、依然として高山植物の連続で、一株数千円の価値ある真柏《しんぱく》の老幹を惜しげもなく鉈《なた》で切りそいで道が造ってある。断崖にはキバナシャクナゲの懸崖、武者立ちが咲き誇っている。私はそれらにとびついて掘りとりたい欲望でいっぱいだ。私は中標津町で高山植物狂と噂される人間である。いま足もとに点在する植物が欲しくて欲しくてたまらないのは当然だ。しかし、今回の主眼はあくまで指臼山の硫黄鉱である。やむなく断念して、目で観賞する以外ないとあきらめた。

ヒグマの足跡は、分水嶺を越えると東海岸へ流下する大渓谷へとおりて行き、そこで消えていた。

私たちは、夕刻、峠の下の指臼硫黄山へ到着した。あたり一面、硫黄の臭いでむせかえるような雰囲気につつまれてしまう。日は山陰に落ち、われわれは夕食の仕度に多忙をきわめた。

ここには紗那から湯治にくる人たちの建てた二十平方メートルばかりの草葺きの三角小屋があり、土間に枯草を敷いた寝床がしつらえてあった。ひとまず、われわれはこの小屋を借りて仕事にかかることにした。

温泉はいたるところに湧出して、湯口はちょっと数えきれない。そこら一面に湯煙が立ちのぼっているのだ。そのうちで、小屋の裏手の小高いところに格好の湧出口があり、そこから三角の導湯樋で、一・三メートル角ぐらいの浴槽へ引き湯していた。この浴槽には湯の花が沈澱し、充満してあふれ出している。われわれはスコップで湯の花を掘り起こし、すくい出して、お湯をいれて温泉に浸った。

真夏でも、千島の山巓の月光の夜は冷える。無人の山巓の周囲は黒い大森林で、温泉の湧くここだけが湿原の平地である。二、三秒前に湧いて出た新鮮な適温の硫黄泉に首まで沈め、樋から流れ落ちる白濁したお湯に肩を打たせ、頭を打たせて瞑想するとき、これがほんとの極楽というものかなあ——と思う。およそ歌など人前で歌ったことのない私が、知らぬまにうろおぼえの草津節を口ずさんでいた。ハッと気がついて、だれか小屋にいる者にきかれたのではあるまいかと、思わず四方を見まわした始末だった。

とにかく、エトロフの無人境である。真夏夜半、月光を浴びて露天風呂に身も心も洗い流している気分は格別だった。なにか一句出そうなものだが、素養のない山男には、残念ながら、思うような句は浮かばなかった。

床といっても、枯草を敷いたガサガサ音のする上へ外套にくるまって寝についた。が、ウインチェスターは装塡のまま、私の枕もとから放さない。エトロフの人喰いヒグマは、人の臭い、馬の臭いをすでに嗅ぎつけていることだろう。他の人たちは昼の疲れでグウグウと高いびきで眠っているが、いつヒグマが襲ってくるかわからないのだ。

三頭の駄馬は戸口近くにつながれて、夏草をポリポリと食べている。その歯音のリズムが耳に響いて、なんとなく寝つかれなかったが、やがて深い眠りにはいった。

だがとつぜん、戸口の馬がフウッ、フウッと鼻息をし、ものにおどろいたように、ドシン、ドシンと地響をたてる音にハッとして目が醒めた。

ヒグマの襲来

ヒグマだ!

私はガバッとはね起き、ウインチェスター銃を握りしめた。そして戸外の動静に耳を澄ます。馬の鼻息はいっそう荒く大きく、ラッパのように、おどろき騒ぐのであった。いよいよヒグマの近づいたことがうなずかれた。

私は静かに入口の莚をめくって顔を出した。

すると馬たちは私のほうを見て、トントンと前がきして、早くきてくれというようにする。耳を立て、藪のほうを眺め、綱を切って逃げたいというように暴れる。

私はウインチェスターの鶏頭を引き起こして、馬からやや離れた切株に身をかくし、全身を耳にして、月光の下にはっきりしない密林内を凝視した。すると、かすかにバリバリと、枯木や枯竹を踏み折って近づいてくる音が耳にはいる。きたなッ、と姿のあらわれるのをいまや遅しと銃口を向けたまま鋭くにらみつけ、照星と照門を狙いあわせて、出たら一発と、息を殺して銃を握っていた。ヒグマのほうも警戒していると見えて、そう簡単には姿をあらわさない。

馬はいよいよ暴れに暴れて、いまにも綱を切るのではないかとハラハラする。もし綱を切れば、三頭の馬は一目散に山道を紗那へ逃げ帰って行こうとするだろう。しかし、無事に二十八キロ逃げおおせるはずはない。長い道中、右往左往するうちにヒグマの餌食になることはうけあいだ。だが、この荒れ狂う馬たちをなだめる声をかけることはできない。人声をきいたら、ヒグマは出てこないからである。

私がほんのちょっと馬に気をとられた瞬間、月の光るなかへ、突如、小山のゆるぎ出たようなヒグマの巨体があらわれた。そして、ノソリノソリと三十メートルばかり先から背筋を低くし、這うようにして馬めがけて襲いかかってきた。月光に反射した二つの目玉がピカッ、ピカッと殺気をおびて光った。実にものすごい大物だ。

私はからだ全体が小刻みにふるえだした。念にも念をいれ、正確なうえにも正確にと、自分の心を押し静めて、斜め横に襲ってくるヒグマの、あばらの三本目と思うところへ乾坤一擲《けんこんいってき》、必殺の銃弾をぶちこんだ。

ダアーン。

静かな深夜の山肌に、一発の銃声は意外な大音響となってとどろきわたった。谷から峰へ、峰からまた谷へと、こだまが、またこだまを呼んで鳴り響いた。

ヒグマはどっと前のめりに前脚を折って倒れた。しめた――と、私は心で叫んだ。

しかし、第二弾をと狙う瞬間、私は倒れたヒグマをよく見守ることが許されなかった。それは、とつぜんの銃声に馬たちがいっせいにサオ立ちになり、綱が切れそうになったからだった。おまけに、小屋に寝ていた仲間たちも銃声に夢を破られ、「なんだ、なんだ」とあわてふためき、ドラ声をはりあげてどっと戸外へととびだしてきたからである。

私は仲間にすぐ「ヒグマを撃った。馬を逃がさないように……」と、早口で絶叫した。

一瞬、前にのめって倒れたヒグマは人々の騒ぐ大声に再び立ちあがり、あっというまに薄暗い密林へ逃げこもうとした。私は狼狽して、二弾、三弾と連射したが、銃口にブッシュがあり、正確な狙いはつけにくかった。そして結局は逃がしてしまった。

夜陰のことでもあり、追跡は危険だった。馬たちも静まったので、夜が明けたら――と、一同は小屋へはいって枕についた。しかし、私は残念で寝つかれない。手負いのヒグマほど恐ろしいものはないし、ヒグマの狙っている馬はつながれている。だから、いつ再び襲来するかもしれなかった。私はくやしさに悶々として、ついに一睡もできぬままに朝を迎えた。

駅逓所の馬子は、その日一日は山に滞在して遊ぶ予定だったが、昨夜の椿事《ちんじ》でおじけづき、急に帰るといいだした。われわれも、馬がいてはヒグマの餌がおいてあるようなもので危険このうえないから、帰ってもらったほうが安心だった。いずれ迎えにきてもらう約束をして、早朝、馬子はラッパを吹き吹き、三頭の官馬は首にさげた鈴をチリン、チリンと鳴らしつつ密林の山道を下山していった。

私は充分の警戒をしながら、単身で昨夜ヒグマの逃げこんだ密林内へ踏みこんで行った。どす黒い血が風倒木を乗り越えていったところなどに相当についていて、血のまわりに大きな青蠅がブンブン飛びまわっている。

三十メートルばかりも用心深く銃を中段に構えてジャングルをわけ、血痕を辿っていったが、まもなく血痕は見られなくなった。

おそらく、ヒグマは傷口に草かなにかをつめて血止めをしたに違いない。急所をはずれたのだ。これではとても駄目だ——と、あきらめて私は引き返した。

この山は、北海道の山々とは比較にならないひどいジャングルで、根曲り竹の藪にハイマツ、シラカバなどが枝を交差していて、一歩も足を踏みこむ隙間がない。このなかへよく逃げこんだものだ——と、とうとうカブトをぬがざるをえなかった。

私は失敗の原因を深く反省した。

初弾で倒れたヒグマに、つづいて第二弾を浴びせかければ、致命傷を負わすことは確実だった。だが、馬たちがサオ立ちになったところへ第二弾の爆音を起こしたら、恐怖に狂った馬は綱を切って逃げてしまう。その不安が、一瞬私の頭をかすめたために速射できなかった。逃げ出したところへ二弾、三弾と送ったが、一弾で倒したという欲目が心のゆるみとなり、逃げても遠くへはいかず、すぐに倒れるだろうと考えたのが、正確な照準を誤らせたのだ。

私は、自分の狩猟道の修業はまだまだだ、と自問自答しながら、愛銃ウインチェスターを握りしめたのだった。

硫黄鉱調査

硫黄鉱の探検は開始された。

この地帯の温泉群は、大小の湯沼より一分間何百万リットルという豊富なお湯を噴出している。どの沼底にも湯の花が沈澱していて、ピッケルを底へ突っこみ、力いっぱいにこねかえすと、キュー、キューと微音を発してむくれあがり、湯と一緒にザアーッと流れていく。

私がざっと胸算用してみただけでも、全部の温泉で湯の花を採取したら、一日で楽に二トンや三トンは採れそうだった。しかも、硫黄は断崖となっており、露頭はあめ色に結晶した九〇%以上の純度の高い俗称「流れ」など、推定鉱量六、七十万トンにおよぶのである。

釧路の川湯のアトサヌプリの硫黄山の噴出とまったく同型で、ブクブクと地殻から噴出するガスは、噴気口で冷却され、たちまち結晶して、みるみる小山を盛りあがらせていく。今日見た小さい噴気口は、明日は大きな山を築きあげている。しかも、どれも黄色の高品位のものばかりなのだ。

探検の歩を進めるにつれて、新しい露頭が続々発見され、沈澱鉱床あり、交代鉱泉あり、あるいは「流れ」の鉱泉ありという具合に、成因を異にする色や型の変わった硫黄がたくさん出ることがわかった。まったく、この指臼地帯は、渓谷も湿原も丘陵もすべて硫黄で埋めつくされているといいたいくらいである。鉱区二千万平方メートルは、私と他三人の共同試掘権を札幌鉱山監督局から認可されており、鉱業権代表者は、札幌の酒醸造家、本間長助氏だった。

今回の調査は、採掘企業化のため二ヵ月間の予定で乗りこんできたわけだが、しかし、六鉱区、二千万平方メートルの広い鉱区内をくまなく精密に探索することは容易なことではない。そのうえ朝から晩までヒグマに脅かされているような格好で、どこへ行ってもヒグマの足跡の見えないところはなく、一瞬たりとも油断は許されない。ところが、そのヒグマの足跡を踏みつけた道がわれわれにとって唯一の探索路になるのだから実に皮肉なものである。第一夜にヒグマの襲撃の洗礼を受けてから、私はウインチェスター銃で五人の生命を預っているようなものだった。探検に疲れはてて木陰でうたた寝するときでも私は銃を放さず、心を許したことはなかった。明けても暮れても、探検に次ぐ探検で、毎日新露頭が発見され、そのたびごとに高らかな凱歌が指臼山頂をゆるがせた。

この鉱区の一部分は、かつて東京の某鉱業家によって硫黄の製錬にまでこぎつけたが、あまりにも不便なため、採算が立たずに中止したとのことであった。そのため、製錬釜や製錬された硫黄のかたまりが道ばたに転がって雨ざらしになっていた。

その鉱業の責任者は、休山とともに抗夫への賃金の支払いや紗那の商店への払いなどに行き詰まり、あげくのはてに資金ぐりのために東京へ行くと紗那をでて以来姿を消してしまった。待てど暮せど音沙汰ないために、責任者の奥さんは人々の悪口や憎悪の目を一身に浴びて、小さくなって主人の帰りを待っていたという。だが、ついに帰ってはこず、自分も帰る旅費がなく、生活にも窮した。そして慣れぬ出面《でづら》取りや、牧場の牧草刈りなどで懸命に働いて、長い間かかってやっと旅費をこしらえ、紗那を去ったというエレジーが残されていた。

東海岸を探る

この鉱山から東海岸まで、約十キロあまりの間に軌条《きじょう》が敷かれ、馬トロで硫黄を搬出していた道が歴然と残っていた。私たちは、ある一日、この海へ検鉱の歩を進めた。

海岸近くには、グイマツの老大木に淡緑色のサルオガセのベールがかぶさって、幹、枝、葉のすべてをつつみ、その見事さには感心させられた。何度もふりかえって見なおすほど、それは雅致に富んだ名木ぶりだった。なかには盆栽向きの単幹、数百年を経た老齢樹、幹の根まわり一メートルぐらいの太くガッシリしたものなど、その枝ぶりのよさはよくこんなものができたものだと讃嘆させられた。

われわれは海岸にでて、浜辺を探勝した。浜一帯の白砂は何千万平方メートルとはかりきれず、日光の反射でキラキラ光る。拡大鏡で調べると、米粒ぐらいの純粋の石英粒である。後のことだが、われわれはこの砂浜を百六十万平方メートル、根室支局に売払いを出願して許可された。売払い代金は、たしか五百円か六百円であったと思う。

海岸は太平洋の荒磯で、船入場がないとのことだった。なるほど、ちょうど密林を切り開いた跡地のように、大小の切り株そっくりの岩石が波間に無数に見えがくれしている。

この浜辺は無人のためか、海中の岩石には海苔が繁茂していて、一摑み巻きとれば十グラム近くは採れる。われわれは、これが海苔だとは全然知らず、昆布の生えかけの若芽だろうぐらいに考えていた。口にいれてかんでみたら、海苔の匂いがしておいしいので、少々持ち帰って夕食の味噌汁の実にし、「ウマイ、ウマイ」と、何杯もたいらげた。後に紗那に帰ってからこの話をしたところ「それは海苔だ。佃煮にするのだ。一、二時間も岩の上で天日にあてれば乾燥するから十四、五キロも採ってくれば、エトロフのよいおみやげができたのに……」といわれたが、後の祭りで残念がるばかりであった。

鉱区内の探検も、毎日藪蚊やブト（ブユ）に喰われながら歩きまわって、ズボンも地下足袋も三足目を切らしてしまい、予備品がなくなってしまった。だが、どうやら探鉱も終わり、だいたいの目的も達したので、引き揚げる日も近くなった。

われわれが毎晩入浴する浴槽は、湯の花が沈澱して、底に三十センチもたまるほど多量の噴出であった。朝、スコップですくいだしておいても、夕方にはもとのとおりに溜ってしまう。とにかく沈澱の豊富さは実におどろくほかはなく、あたら貴重な湯の花を投げ捨てるのはもったいなかった。こうしたことから、湯の花採取の近代化はおもしろかろうと語りあったものだ。

しかし、三週間の滞在で、朝夕硫黄泉につかるので、からだ全体はもとより衣類も硫黄臭くなり、ご飯や汁まで硫黄臭くなったのには閉口した。

引揚げの予定日には、紗那駅逓所の馬子が官馬三頭を前と同じように引き連れて登ってきた。三週間無人の山林内で、草木や硫黄や岩石ばかりと取り組んでいたわれわれには、迎えにきてくれた馬子にも官馬にもひとしお懐しさが深かった。馬子の話だと、今日も登山道上にはヒグマの足跡の新しいのが無数に見受けられ、薄気味わるいのでラッパをふきながらきたとのことだった。

手負いのヒグマは、あれ以来姿を見せず、死んだものやら、あるいは弾傷をこの鉱区内のどこかの温泉でいやしているのやらわからなかった。

この前ヒグマに襲われたので、今日もまた馬の臭いを嗅ぎつけてあらわれるかもしれないぞ——と、夜は戸外に太い枯木を何本も集めてきて、馬の周囲で焚火することにした。これならヒグマもよりつくまいと安心して、思い思いに寝床にもぐりこんだ。

再びヒグマが……

この晩も、私はまた神経がたかぶって、なかなか寝つかれない。これでは疲れる一方なので、温泉にはいり、一人で真夜中のおぼろ月夜を眺めながら瞑想にふけった。ところが、あまり心地よいので、ついうつらうつらと浴槽に首をもたせかけて眠ってしまった。

だが、なにか気配を感じてふと見ると、五メートルばかりのところに、目をランランと輝かせ、赤い口をあけた大きなヒグマが私に跳びかかろうとしているのだった。

私は銃をとる手ももどかしく狙って、ダアーンと火蓋を切ったつもりだったが、不発なのだ。素早く第二弾をと引金を引いたが、これまたカチッと不発。しまった、と第三弾目の引き金を引くが、これまた不発。ヒグマは次第次第に接近してきて、私は絶体絶命。第四発目もダメだった。私は大声で救いを求めようとするが、不思議なことに少しも声がでない。その間にもヒグマは一歩一歩近づき、ついに私の顔に臭いがかかるほどになった。もうダメだと観念して目をつむった。そして再び目をあけたとき、ヒグマは私の顔いっぱいに大口をあけてかみつこうとしていた。私は死に物狂いになって、両手のこぶしをヒグマの口のなかへ力いっぱいつっこんだ。

「だれか……あ」と、大声をはりあげて叫んだのだった。

——だがその瞬間、私は自分の声でハッと目を醒ました。夢だったのだ。それにしても恐ろしい夢を見たものだと、周囲を見まわしてお湯からあがろうとしたそのときに、とつぜん馬たちがフウーッ、フウーッと、ものすごいラッパのような鼻息を鳴らし、ドシンドシンと地面を前かきしているのがハッキリとわかった。

「さては……!」

と、私は素早く温泉からとびだして小屋へ戻り、大急ぎで身仕度して銃をとった。そっと動静を窺うと、馬はこの前のときと同じようにますます暴れはじめたのである。たしかにヒグマの襲来だ。こんどこそはと、私は馬たちが耳をたてて恐ろしそうに見つめている方向に注意深く目をそそいだ。かすかにパリッパリッと竹藪の枯竹を踏み折る音がする。私は馬と二十メートルほど離れて陣をとり、銃声であまり馬を驚愕させないように用心した。私の位置は、周囲に背の低いシラカバやナラやトドマツの老木があり、足場のよい根もとだった。

ヒグマの足音のする方向は、この前とは反対の渓谷沿いの密林からだった。霧が出て、三十メートル先は見わけられない。

私はこんどこそは——と何回も胸のなかでくりかえし、心臓の高鳴りを鎮めようとつとめた。だが、ヒグマはなかなか密林から出てこない。感づかれたかな——と思いつつも、瞬きもせずに見つめていると、数分後には足音もだんだんと高くなり、ノソッと姿をあらわした。そして馬のほうへノソリ、ノソリと一足二足歩いては立ちどまり、また二、三歩進んではとまりという具合に、背を低くし、用心しながら這っていく。私の存在には全然気づいていないらしい。

三頭の官馬の騒ぎはいよいよ荒くなった。なんとか逃げ出そうと、ロープいっぱい駆けまわる。私は気が気ではなかった。もしも小屋の連中が目を醒まして大声で騒ぐと、ヒグマは逃げてしまう。

いまだ、いまだと思いつつも、銃口はブッシュにさえぎられ、なかなか引き金が落とせない。二十五メートル。二十メートル。どうやら夜目ながら照準はついた。慎重な照準にヒグマはぴったりとはいった。

ダーンッと、初弾が深夜のしじまを破った。私は銃口の吐く火花を見た。だが、ヒグマはと思うと、意外にも火を吹いた銃口めがけて、地響をたてながら真一文字にものすごい跳躍で逆襲してきた。

私の髪の毛は一本一本逆立ち、全身冷水を浴びせかけられたような冷たさがサッと背すじに走った。

もはや、愛銃ウインチェスターをたよるのみだ。先刻の不吉な悪夢、あの何回もの不発が稲妻のように脳裡をかすめた。すべては一瞬のまぼろしだった。

私はナニクソッとばかり、接近する小山のようなヒグマの巨体めがけて、矢つぎ早にダアーン、ダアーンと引き金を引いた。火を吐く銃口をヒグマから離さず、躍りかかってくるヒグマめがけて次々に銃弾をたたきこんだ。

ヒグマを倒す

ところが、撃っても撃ってもヒグマは少しもひるまず、しゃにむに突進してくる。まっしぐらに、まるでツムジ風のように一秒、一秒と近づく。

私は第四弾を撃ちこむと同時に、パッと二メートルばかり右側の大きな木の切り株へ脱兎のごとく身をかわした。それとほとんど同時に、ヒグマはドサッとすさまじい音をたてて、たったいままで私が身をひそめていた木の根もとへ襲いかかった。怒り狂ったとしか思えない勢いで木に抱きつき、ガリガリッ、バリバリッとかみ砕こうとしていた。だが、それが人間でないことに気づき、すぐ横にとびのいた私の人間臭を嗅ぎわけたヒグマは、木の幹を両手で揃えて立ちあがった。頭髪を逆立て、両目はランランと光り、形相はものすごい。

雲間から洩れる月光に反射して目玉が電光のように光り、鼻の上に小じわをよせ、大きくあいた口のなかに白い牙や歯も見えた。すぐ目の前のことだから、いやでもよく見えてしまうのだ。そして次の一瞬、私への跳躍あるのみである。

まさに絶体絶命だった。いったん切り株にしゃがみこんで伏せたからだをヒグマに銃口の狙いをつけたままで立ちあがり、敏捷に進退ができるように備えた。撃ち殺すか、かみ殺されるかの瀬戸ぎわの危機一髪となってしまった。

だが不思議なことに、この重大な危機に直面していながら、私には少しも恐怖の念は起こらなかった。いわゆる無念無想、狩猟の奥義を摑めたかのように、いたって冷静であった。

ヒグマの鋭い眼光に喰いいり、彼の武器——鋭い爪の一撃の伸びてこようとする間髪をいれず、大きな顔の目と鼻のまんなかへ、こっぱ微塵になれッと、第五弾をダーンと撃ちこんだ。と同時に、またまた私は横っ跳びに二メートルあまりの切り株へと身をかわし、第六弾の構えに移った。

いかに獰猛を誇るヒグマとはいえ、頭蓋骨を粉砕されてはたまったものではない。

ギャウォーッと大きく吠えて、そのままドドッと横倒しに倒れかかったが、それでもすぐには倒れず、大木の幹にしがみついた。私は、ヒグマの動作を手のとどくところで凝視しているので、その執念の激しさにはただただおどろくばかりだった。

しかし見よ。ヒグマの鼻からドクドクッと血がしたたり落ちた。フウッフウーッと、激しい呼吸をしていたが、やがて、ドッとばかり木の根もとに崩れ落ちた。とうとう息は絶えたのだった。

もしかすると、最後の第五弾は必要なかったかもしれない。猛獣としての妄念が息のある間そうさせたままでで、肉体的には四発目の致命弾で死んでいたのだった。

私が一秒か二秒、第一の陣地からの退避が遅れていたら、ヒグマに組みつかれ、危うく冥途《めいど》の道連れにされるところであった。私はゾッとして、再び冷たいものが背すじに走った。

有煙火薬を使ったヒグマ狩りの場合、発射の煙めがけて跳びかかってくることがよくある。だから、発射ごとにもっとも敏速にその射撃位置を何かの物体を小楯にとって移り変えなければならない——と、先輩の猟友たちやアイヌの酋長榛幸太郎からくどくどと教えられていたのだった。

だが、その日までそんな危険に遭遇したことがなかったので、ただ心していたにすぎなかったが、今回の体験によって、先人のいうとおりだったと、つくづく感じたものであった。いままでのヒグマ狩りでも充分注意はしていたが、今回は夜で、銃口の吐く火焔めがけて襲いかかってくるのは当然なわけだった。

さすが日本の百獣の王としてのヒグマだけの貫録は充分あると、そら恐ろしくもあり、また猛獣としての鋭い個性におそれいった次第だった。

それにしても、今回のエトロフの鉱山探検では、行動中に万一にも人喰いヒグマがでたらと、護身用に銃を携行したのだが、まさかヒグマを撃ちとろうなどとは考えてなかったのだ。

実をいうと、昭和八年の冬に、私は小学四年生の愛娘を摩周湖のカムイヌプリ山麓の養老牛で猛吹雪の犠牲にした。何の罪もない生きものの生命をとる、殺生の罰だというカゲ口に示唆されて、それ以来、狩猟はキッパリと断念していた。それが今回、護身用の銃が思いもよらぬ殺生の罪を重ねたことになってしまい、冥途の娘の霊にすまぬことをしてしまったと、後悔が忽然と湧いてきて、たまらなく胸をしめつけた。

私は、せめてもと、湿原に咲くチシマキキョウの可憐な花を五、六輪折りとって、倒れたヒグマに供え、しばし瞑目合掌したのであった。

紗那神社

われわれは、たくさんの硫黄鉱や、金、銀、銅などのサンプルと一緒に、とったばかりのヒグマの毛皮を持って紗那へ引き揚げた。ヒグマの毛皮は夏皮だから貴重品にはならないが、それでも北海道のものとくらべると、まだましである。北海道のヒグマの毛皮は、真夏の八月のものなど使いものにならないのだ。ついでにヒグマの胆と肉を菰《こも》包みにした。馬がヒグマの臭いをいやがるのをなだめすかして、ようやく積むことができた。

紗那へ戻ってみると、根室港帰りの便船は、三、四日は見こみがないという。そこで、足の向くまま付近を視察することにした。

紗那市街を一望に見おろせる北方の丘陵に、紗那神社が祭られている。境内にはチシマザクラやグイマツの老齢樹が神社の荘厳さをつくりあげ、鳥居の横には、昔、ロシアの軍艦を砲撃したと伝えられる大砲が記念品として保存されてあった。砲身全体に桜花を浮彫りした実に立派なもので、長年風雨や潮風にさらされながら錆は少しも見られず、つやつやと黒光りしているのは見事だった。丸い黒い弾丸も添えてあった。

ちょうど陸上競技の砲丸投げの砲丸そっくりで、少し大きいだけである。

この神社の篠崎宮司は、みずから「神道霊仙居道場」と称して、千島守護に挺身していた。われわれはおごそかに神社に参拝した。宮司は遠来の私たちを好意で迎え、堂内へ招じいれた。

まず、われわれの目をおどろかせたのは、堂内の四方に隙間もなく飾られた貝の標本棚であった。数千の標本箱には何十万もの貝が陳列され、いちいちに和文と英文での表示があるのには一驚した。

篠崎宮司の説明だと、海外のものが多く、アメリカ、南米、オーストラリアなど、次々に棚から標本箱を引き出して見せてくれるのには、ただただ感心するほかはなかった。なんでも、諸外国の権威者と珍しい貝を交換しているのだそうで、世界じゅうには、まだまだ珍しいのがたくさんあると語っていた。われわれは、この不便な千島のエトロフ島で、世界じゅうの貝を集めて楽しみ、研究している宮司におのずと頭がさがった。

われわれは各自持参のスタンプ帳に、神社その他の記念スタンプを押してもらって辞去したが、今日ではソ連に占領されているエトロフで、あの何十万かの貴重な世界的な貝類の標本がいったいどうなってしまったのかと、いまも気になってならない。

有萠の捕鯨場のほとりには、昔、日露間でなにかのイザコザが起きたとき、責任上割腹してはてたという戸田又左衛門という志士の小さな石碑があった。墓碑銘も見わけられぬくらいに潮風にさいなまれ、苔むしていた。数本の木立が、これも潮風にやせて曲り、貧弱にようやく生きているのを見て、ひとしお哀れさが胸に迫った。たしか安政年間とかの悲話であった。

美しい未亡人

ある日、私は一人で別飛《べつとぶ》という漁村へ行ってみるつもりで、ブラブラ出かけた。路傍の岩石をハンマーで打ち砕き、鉱物を検出したり、また小径に密生している高山植物に見とれたりしているうちに時間がたち、結局、別飛へは行かれなくなった。そこで路傍のわびしい民家で休ませてもらうべく、軒場にたたずんだ。

小さな家で、軒の低い屋根には、お供え餅ぐらいの大きさの平たい石がきれいに並べてあった。屋根が強風でとばされぬための重石というわけだ。よく見ると、この家だけではなく、海岸寄りの家という家はほとんどみんな屋根に石を並べてつつましく立ち並んでいる。これは北方海岸独特の一偉観といえよう。

家の前庭でホトケノミミ（海草）を莚に並べて天日に乾燥していた白い布で顔を包んだ二十五、六歳のおかみさんが、仕事の手をとめて親切に私を家のなかに招じいれ、お茶などふるまってくれた。

おやっと思うほどの美人だった。しかも、かぶっていた布をとると、こんな千島の孤島におくのがもったいないほどの美人である。私があまり熱心に見つめるので薄気味わるそうな顔をしたので、私は狼狽した。

彼女は戸棚からピカピカ光沢のあるサケの燻製をとりだして、大きな切り身にしてお茶うけがわりにすすめてくれた。私は恥ずかしくて、真正面から彼女を見られず、伏目がちに応答したものであった。

彼女がボソボソと語ったところによると、エトロフの人たちは、金高のかさむ買物はほとんど函館へいくとのことだった。函館へは月に何回も便船があるので便利だし、安くて得だという。彼女自身も、つい先日、冬仕度の買物に函館へ行ってきたばかりだそうであった。

やがて彼女は奥へはいって、大きな西瓜をかかえてきて切ろうとした。見ず知らずの旅人へご馳走しようとするのである。私は仲間が待っているので帰らねばならないからと辞退したが、それにしても、こんな辺地で西瓜にお目にかかるとは意外だった。

私の住んでいる根室原野よりも、この千島のほうがずっと便利なところだと、カブトをぬがざるをえなかった。

彼女の夫は、昨年、占守《しゅむしゅ》(千島の最北端の島)へ出漁中、海難のために不帰の人となったという話だった。だが、夫がどうしても死んだとは思えない。いつかヒョッコリ帰ってくるような気がして、あきらめてはいない——と、美しい目に涙をためて祈るように話していた。私は慰める言葉もなく、呆然ときくのみであった。

十年前に津軽から後妻としてこの島にきたときは、海は大漁、大漁で、おもしろいほど金が儲かったが、儲かれば儲かるだけ使ってしまい、飲んで喰ってチョンだったと、蓮っ葉な口調になり、きれいな歯を見せて美しく笑った。なんでも十七歳になる夫の先妻の娘と二人暮らしだと、淋しそうであった。

そこへ、たったいま話していた娘がひょっこり駆けこんできた。「ガガ(お母さん)、ガガ……」とわめいてきて、私のいるのを見て、ハタッとやめた。そして彼女の耳もとに口を持っていって、「ガガ……ツコ(血)ではったあ……」と早口の小声でしゃべっているのがききとれた。

彼女は私の存在を無視したように、大声で娘にわめきたてた。

「ばかめろめ、ほれ、ヤクちゅうもんちゃ」

私はなんだか、いままでの美しい夢をぶちこわされたような、気の毒とも哀れともつかぬ気持で腰をあげた。

おいしいサケの燻製などをご馳走になったお礼に、私は五十銭札二枚を置いて別れを告げた。すると彼女はこんなものはいらないと立ちあがり、いきなり私の服のポケットに押しこもうとした。私は慌てて彼女の両手を押え、むりやり札を押しつけて外へでた。

彼女が走りでて、なにかいっているのをきこえぬふりをして、私は紗那の町への帰りを急いだ。途中、紗那へ行くという人と道連れになり、いろいろ島の珍しい話をきいた。いずれも初耳のことばかりだった。

エトロフ島の道産子の馬は、一頭十五円から二十円が相場で、牧場内の種牡馬と自由交配してどしどし繁殖するという。しかし、人を恐れて近づかないので、慣れた乗馬で近づき、投げ縄で捕えるのだそうだ。その捕獲料が十円。馬代とともに二十五円か三十円ぐらいで、立派な馬がいくらでも買えるということであった。

島との別れ

島へ上陸して、私が一番先におもしろく思ったのは、真夏の八月というのに、大男が厚い羅紗《らしゃ》の外套を着こみ、ゴム長靴をはいて、市街でも、山でも、浜辺でも、悠々と大股に濶歩していることだった。そのころ、紗那では塩マス一本十五銭、時不知《ときしらず》（サケ）二十五銭で売買されるとの話だった。

私は記念に、キバナシャクナゲを一株持ち帰ろうと考えた。駅逓所の人に相談すると、高山植物の持ちだしはやかましいが、営林署でたのんでみてはというので、早速でかけてみた。

ちょうど門のところに役人がいたので、風呂敷からシャクナゲをだして、これを払いさげていただけませんか、とお願いした。ところが、その役人は急にいかめしい顔色になり、とんでもない、ダメだ——という。私がしぶとく喰いさがると、役人はついに腹をたて、君を高山植物密採者として告発する——と、威丈高にわめいた。これにはとりつくシマもないとあきらめ、指臼山から二十八キロの道を後生大事に持ってきたシャクナゲを営林署の庭へ置いて、ほうほうの態で逃げ帰った。

考えてみれば、私のほうがむりで、だれを恨むべくもなかった。だが駅逓所へ帰ってその話をすると、みんな笑いだした。

「君は政治的手腕に欠けているようだね。先日函館へ行った人は、高山植物を二箱も持っていったよ。魚心あれば水心というものさ」

私は営林署の役人に敬意をはらっていた。これでこそ島の高山植物は完全に護られているのだなあと、私の処置を肯定していさえしたのだ。それが裏街道があったとは――と、後頭を金槌でガァーンとなぐられたような感じを受けた。

あのシャクナゲは、だれかが山から掘ってきて指臼の温泉場の湿地へ投げたようになっていたものだった。実に見事な懸崖で、その後、根室はもとより、釧路、帯広、旭川などの高山植物展覧会を見にいっても、あれほどのキバナシャクナゲの名木は見あたらないくらいだった。

さて、私たちは、いま一ヵ所、エトロフ本島の単冠《ひとかつぷ》山で、硫黄鉱山二鉱区、六百六十万平方メートルの試掘権の許可をとっていた。そこでそちらも探鉱する計画があったが、季節も九月にはいろうとしており、オホーツク海の三角波は日一日とすさまじくなる一方なので中止した。船に弱いわれわれは航海が心配で、一日も早く根室に帰りたくなったのだ。そこで単冠山鉱区は来年まわしにした。

紗那港には、春漁期に多くの漁夫たちと一緒に、函館、青森、秋田、越後方面から、いっぱい飲み屋の出稼ぎが白粉臭い女を多勢連れてきていた。荒稼ぎをさせ、しこたま儲けた組は、秋の海が荒れだささぬうちに引き揚げていく。そうした渡り鳥たちや、罐詰工場や浜稼ぎの女などが、みんなそわそわと帰り仕度で、町じゅうが浮き足だっていた。われわれまでがそのまきぞえを喰って、せわしい雰囲気に包まれた。

予定日の夜遅く、ボーッ、ボーッと貨客船の入港が告げられた。そして翌朝、私たちは多くの引揚げ者とともに、百トンぐらいの発動機船で紗那港を出港した。

小さい船室には、男も女も寝たら寝たきり、起きたら起きたきりの寿司詰めだった。人いきれと油の臭い、女たちの香油や白粉の臭いがむんむんとし、爪先から頭のてっぺんまで触れあわしていなければならないのには、すっかり閉口させられた。

私のように山や原野のきれいな空気ばかり吸っている人間には、これはたまらなくつらいことで、一夜が十年にも匹敵する地獄の苦しみであった。それでも幸い、航海は大荒れもなく、夕闇迫る根室港に帰着した。

根室の町はちょうど祭礼で、千島列島から引き揚げてきた漁夫など数万人とともに町はごったがえしていた。町も港も、笛や太鼓の音で煮えくりかえり、さざめきあう地方色豊かなお祭りのうずなのであった。

尾岱沼と野付岬

野付半島のガン

標津市街から茶志骨《ちゃしこつ》を経ると、野付岬にでる。この半島は、尾岱沼《おだいとう》を抱きこんで二十八キロも根室海峡へつきだしている。

半島内には、ハマナスの密生地内にウサギが繁殖し、無数に生息しているし、半島の右側、尾岱沼には季節的にガン、カモ、シギ、ハクチョウなどが飛来して滞留している。また左側の海岸線にはトッカリが何十頭も群れをなして、砂浜にゴロゴロと転がって昼寝をしている。つまり、右を向いても左を向いても、あるいはハマナス原のまんなかを歩いても、獲物ばかりが見られるという至極恵まれた狩猟場である。こんなところは他では滅多に見られまい。

私はある日、ここへ狩猟にでかけた。この岬は二十八キロ全部が牧場になっていて、ハマナスの密生地にも牛馬の道が細く踏みかためられ、縦横に細道が開削されている。この牛馬道以外はトゲばかりのハマナス原で、たちまちズボンも服も引き裂かれてしまってはいれない。

私は注意深くハマナス原を踏みわけて、沼（尾岱沼）のガン撃ちにと接近した。ここは満潮時にはハマナスの根もとまで沼の水がくるので、ガン撃ちにはもってこいである。ちょうど岸から五十メートルばかりの湖面に、マガモが二十四、五羽、静かな水面で休んでいるのを発見した。

私はとっさに身をかがめて、彼らに感づかれぬように万全の構えに移った。ハマナスのトゲの痛さもものの数ではない。這うようにして、どんな小さい音でもたてないようにした。

ようやく射程内に達すると、心を静めてトリプルAの初弾を快適に発射した。不意打ちを浴びた彼らはたちまち狼狽、飛びたたんとするところへの速射である。さらに飛びあがった群れへ、第三弾、第四弾と、ブローニング五連を発射して撃ち落とした。この一撃で八羽を得たのだった。はるばる養老牛から七十キロ近くを徒歩でやってきた遠征の代償は充分に報われたのである。この獲物をサケ定置漁場の番屋へ預けて置き、さらに半島を岬のほうへ狩り歩いた。

ハマナス原を踏みわけていくと、ウサギが跳び出す。ブチ毛（冬にならぬと白色に衣がえしない）のウサギは猟人を知らない。牛か馬かがきたなッと思ってか、立ちどまって、いっこうに逃げようとはしない。

ダーンッ、ころり。ダーンッ、ころりと、三匹ばかりおもしろいので撃ったが、持って歩くのには重くてたまらない。これではせっかく撃っても捨てるようになるので、ついには撃つのをやめてしまった。撃つ気になればいくらでも撃てるからである。しかも、ハマナスのなかに夏期に繁殖したウサギが無数に棲んでいる。あとにも先にも、こんなにたくさんのウサギを見たことはない。とにかくハマナス原を歩けば、いくらでも跳びでて、こっちをふり向いているという具合である。

これは、私が根室原野へ移住して三年目の、大正七年の秋の狩猟である。そして、この尾岱沼と野付岬のガン撃ちに味をしめて、たびたび出猟した。

そのころ、自転車を所有している者は広い原野内にも数えるくらいしかなかった。私は富士というのを大枚九十五円もだして買いいれ、得意になっていた。そして新兵器の自転車に乗っての尾岱沼のガン撃ちとはなった。

尾岱沼には、マガモより小さい俗称海ガン、またはポンガンというガンの大群がいた。四、五十羽が湖岸近くに暖かい秋日和に日向《ひなた》ボッコしている。首を羽根の間にいれて居眠りでもしているところを発見したのだ。

私は岸の草や木々の間を巧みに伝わり、近寄り、五十メートルぐらいまでの距離をちぢめ、ダブルA散弾がダァーンと静寂を破り、湖面上にとどろきわたった。寝こみを襲われて周章狼狽《しゅうしょうろうばい》、その極を知らぬ群れのなかへ、二弾、三弾、四弾、五弾とスムーズな回転でブローニングは火を吹いた。初弾で湖上に浮かぶものを撃ち、二弾、三弾、四弾、五弾と盲撃ちした。中空から、あるいは大空から舞い落ちる。擦過傷で死に切れぬものなど、十数羽が波間にただよっている。

大戦果であった。ちょうど近くに小舟がつないであったが、そこらあたりに人家がなく、持ち主がわからないが、無断でちょっと拝借してサオで押していった。ところが浮かんでいるガンにあと一息というところまでいくと、急にサオが届かなくなって、サオ押しではダメになってしまった。こうなるとカイで漕ぐより仕方がない。だが、私はカイで漕いだことは一度もない。

しかし、人が漕いでいるのを見ると、スイスイと雑作なく舟が進む。それなら自分もとやってみるが、舟は少しもいうことをきかない。あせればあせるほど、舟はいつのまにか西向きか東向きかわからなくなり、舟首が一回転している。舟はどうしてもガンのほうへは行かず、逆にだんだんに離れていく。

いつのまにか風がでてきて、波間が騒がしくなり、ガンはちりぢりばらばらになって風に吹き流されて、沖へ沖へといってしまう。私は狼狽して、夢中で漕いだが、舟は何回となくグルグルとまわるばかりで、まっすぐに進まない。気がついて見ると、知らぬまに岸から二百メートルも離れてしまった。

さあ大変だ。とんでもないことになったぞと、ゾッとしてきた。救いを求めようにも人影はない。

もう生きた心地がしなかった。ガンなどを見るのも恐ろしくなった。押し流されていく舟の上で、死に物狂いでカイの操作を工夫しながら漕いだ。すると、いくらか舟が前向きに進むようになり、これに力を得て、舟を漕ぐコツが少しずつわかり、逆風と闘いながら、三時間あまり汗だくで漕いだ。そして舟をだしたところから千メートルも離れたところへ舟をつけることができた。

岸へ跳びあがったとき、ヤレヤレ助かったと心底から嬉しかった。そこから岸伝いに小舟を綱で引っぱり、もとのところへようやく持ち帰ることができた。

残念なことに、せっかく撃ちとめた八、九羽の海ガンは一羽も得ずに流失してしまい、やったことのないことはするものではないと、骨身にこたえたものであった。

カワウソと狂女

大正八年の秋の猟期に、尾岱沼へガン撃ちに行った。船頭の六さんにたのんで、湖上でガンやカモをやったが、あまり成績はよくなかった。それでもガン五羽とマガモ十羽を得たが、湖面にはガンの大群がおり、もう少しとるつもりだったのに、ちょっと心外であった。

猟から帰って、明日の猟場について六さんと打ちあわせしているとき、宿のおかみさんが顔をだしていった。

「いま、村の若者がきていうには、今日、春別《しゅんべつ》川へ遊びに行ったが（実はサケの密漁）、浜から六キロぐらい奥にカワウソが二匹いて、サケを捕って川岸で喰っているのを見てきた。ここに鉄砲撃ちが泊まっているそうだから、知らせてやってくれと……」

おかみさんはさらにつづけた。

「カワウソって、人を化かすそうですね」

私は、この思いがけない吉報に小躍りした。よし、明日はカワウソ撃ちだ、と方向転換のほぞを固めた。春別川は、香川県に匹敵する広さの別海村の大原野内をゆるやかに貫流して、尾岱沼口の海へそそぐ清流である。サケ、マスは上流方面の川床の小砂利が産卵に最上なので、おびただしい数が遡上する。私は川の状況によっては、二、三日ビバークしてカワウソを撃ちとる準備をして出猟した。

川岸は千古斧を知らぬ密林で、薄気味わるいジャングル。サケの遡上期にはヒグマが川沿いに横行するので、警戒は怠れない。二連十二番の銃にアイデアル弾を装填して、いつ、いかなるときにヒグマに遭遇しても大丈夫の慎重な態勢をとった。どんな小さい物音をもきき洩らさない構えで、猫のように静かに足を運び、全身を耳にする。

ヤチダモ、アカタモの大木の幹に身をかくしながら、そっと水面をうかがい、三十メートル進んではまた覗き、五十メートル行ってはさらに覗くのだ。木の下は薄暗く、木々の枝は両岸から川の上に覆いかぶさっている。僅かに葉かげから洩れる陽光が水面に縞模様の波紋を描き、まるで夢の国に遊ぶような感じだ。水中には無数のサケの群れが右往左往して産卵の待機中だった。

正午すぎに、ようやく七キロぐらいは遡行した。しかし、カワウソの姿はなく、それらしい気配も見あたらない。

両岸の堤防にはトクサ、野地坊主、ヤチハギの群落があり、ドスナラ（ハシドイ）やハンノキ、ヤナギなど、身をいれる隙もない密林がつづく。コゴミ、ミズバショウ、フキなどの他に、ナナツバやボーナなどが四メートルも茂り、湿地のヨシ原など、まったく鉄条網をはりめぐらしたような悪場の連続だった。おまけに、木から木、草から草へとクモの巣がめぐらされ、この糸が顔にからみついたり、小枝に目玉をはじかれたり、いやはや、大変な難行苦行だった。

人の歩いたこともないような川岸、数メートル先は何ものも見わけることのできない魔のジャングルといったところを行くのは、猟人といえども気持のよいものではない。

とつぜん、目の前から羽音高く鳥が飛びたち、ドキンと心胆を寒からしめることがたびたびだった。川にはマガモが十数羽たむろし、私の姿を見て慌てて飛びたつのだ。気味のわるい密林の下を、行けども行けども目標の獲物、カワウソは姿を見せない。あるところで樹間から水面を覗くと同時に、バサバサッと大きな羽音とともに、大きなオジロワシが飛びたった。私は不意のことなのでドキリッとした。両翼三メートルもあろうかと思われる大ワシである。僅か三十メートル内外の近距離だから、撃ち落とすには雑作もないが、一発の銃声で、肝心のカワウソが近くにでもいたら逃がしてしまうことになるので、我慢した。むやみに射撃はできない。水ぎわの川砂の上に、ワシが喰ったらしいサケの喰い残しがころがり、ルビーのような真紅のスジコが一面に散乱していた。

それから、さらに四キロ。ゴソッという小さい音もたてずに進む苦心は並みたいていではない。足もとから跳びだす茶色の野ウサギや、頭上近くで枝渡りするキネズミが、キョトンとした顔をしている。向う岸で私と目をあわせて慌てて草むらに逃げこむ野ギツネ、川ヤナギの茂ったなかの、二メートルもない近くにシマフクロウがいたり、捕えようと思えば獲物はいくらでもいる。しかし、ご本尊のカワウソが目あてなので、それらはすべて無視、敬遠する。が、万一にもヒグマに遭遇すれば、どうしても撃たぬわけにはいかないので、その瞬間の心構えだけはおろそかにはできない。

出発点から二十余キロほど川を遡ったが、結局は徒労に終わりそうな予感がしきりにした。私はすっかり疲れた。とにかく、ここまで飲まず喰わずの強行軍をしてきたので、格好の風倒木に腰をおろして小休止した。ところが、汗ばんだ肌を拭っていると、突如、あまり遠くない川上で、キャッキャッという奇妙な鳴き声がする。いままできいたこともない不思議な声がする。鳥だろうか？　と思ったが、いや待てッ、もしかしたらカワウソの鳴き声かも知れない――と、疲労も忘れて、すぐ声のするほうへ突進した。

声はたったそれっきりで、もとの密林の静寂にたちかえり、静まりかえった。ただ春別川の流れる妙なるリズムだけである。

だが、川上になにかいることは間違いなかった。私はいよいよ目標に接近したのだと思って、慎重さのなかにも力がはいった。

そのとき、川砂が広くあらわれている大曲りのところに、足跡のようなもののあるのが目についた。近づいてよく見ると、人間の足跡のようだった。

はてな？　こんな人里離れた山奥に人がいるはずはない。もしかすると、これはカワウソの足跡かもしれない――と、かがみこんで慎重に観察した。だが、何回見なおしても、たしかに人の足跡に違いない。こいつは不思議なことだぞ、と、なんだか薄気味わるくなってきた。子供の足跡にしては少し大きすぎるし、といっても大人のものでもないらしい。私は夢中になって、砂の上に残された足跡から目を離さずに辿っていくことにした。

ふと、かすかな煙の臭いを感じた。と同時に、キャッと突拍子もない大きな叫び声がした。私が足跡にばかり気をとられて油断していたときだっただけに、ゾーッと全身に水を浴びせられたような悪寒を感じ、飛びあがらんばかりにおどろいた。

素早く銃を握りしめ、密林内をのびあがって見まわすと、四十メートルばかり前の大きなフキの葉のなかから、女の上半身がのぞいていたのだ。私はいいようもない戦慄をおぼえた。とっさにカワウソが化けたのだと直感していた。

私が無意識に銃を持ちなおそうとした瞬間、コトンとおかしげな物音が別の方向でした。急いで目を転じると、川岸から三十メートルばかり離れた小高いところに拝み小屋があった。拝み小屋とは、ちょうど編笠をうつぶせにしたようなもので、ヨシで屋根を葺きおろして建てた小屋である。その入口のところで火を焚いている老婆が、けわしい目つきで私をにらんでいた。

奇声は女の声だったのだ。カワウソかと慎重にやってきた私は唖然とした。若い女は髪がボウボウであり、もう一人の老婆は白髪の人物。この二人の思いもよらぬ出現には、私はただ夢を見ているような気持だった。まったく、とっさのことで頭がこんぐらかってしまったのである。まるで化けものに化かされているような気持だった。

若い女は、私がびっくりして立ちすくんでいるのを見て、ニタリニタリと笑っているのだ。それがまた気味のわるいのなんのといって、背筋がゾクゾクするばかり。女の着ているメリヤスのシャツは垢で黒くなり、両袖口はボロボロでヒジより下はない。胸ははだけて、着ている物は黒だか赤だか、色目もわからない。裾はワカメのようにちぎれてぶらさがっているというありさまである。

私はこんな人跡未踏に近い春別川の奥地で、ものすごい格好の女に遭遇して、ただ呆然とするばかりだった。そして気味のわるい若い女と、白髪の老婆をただ交互に眺めるばかりだったのであった。

私の脳裡は、カワウソ二匹でいっぱいだった。だから、二匹のカワウソが人間に化けて私をたぶらかそうとしているのではあるまいかと思った。しかし、見れば見るほど、人間に間違いないようである。怪しい風体ではあるが、老婆といい、若い女といい、火を焚いている点では、化けものではなさそうだ。が、人は人でも、常人とは思われない。老婆はさておき、若い女は狂人だな——と直感した。

すぐに引き返そうとは思ったが、たとえ狂人でも、人間なのだから、そう恐ろしがることもあるまいと度胸をすえ、ともかく前進することにした。

私は老婆に「このあたりにカワウソはいないか」とたずねてみた。しかし老婆はなんともいわない。もしかすると、ツンボかもしれないと思って、さらに大声でカワウソのことをきいたが、やはり一言も答えず、黙ったままである。

私はサジを投げた。二人は一言も発せず、カワウソについて参考になることは何ひとつ得られなかった。そこで、もう少し上流へ行ってカワウソについてたしかめてみようと、前進することにきめた。

だが、若い狂女は、私の向かっていくほうに立ちはだかって、通せんぼの形だった。一方は春別川、一方は白髪の老婆、そのまんなかに狂女ときているので、まったく道を塞がれた形である。しばらくためらったが、ええい、ままよ——と、老婆と狂女の間をすりぬけるようにして前進した。実際は五分もたつかたたぬかの短い時間だが、私には一時間にも二時間にも感じられた。

それでも両人はなんにもいわない。最初、老婆に「こんにちは」と挨拶したが、きこえたのか、きこえないのか一言もなかったし、狂女も先刻、キャッと奇妙な声をだしたきりである。

私がかろうじてここから脱出しようとしたとき、狂女が突然、また大きな奇声を発した。そして腰に巻いている神秘の扉をまくりあげたと思ったら、私に向かって、脱兎のごとく襲いかかってきたのだ。

この不意打ちを喰らって、ときがときだけに、私は肝っ玉がでんぐりかえりそうになった。頭髪の一本一本が逆立つような恐怖を感じた。私は悲鳴をあげて無我夢中で逃げた。

幸いにも狂女の手からは逃がれたが、勢いあまってよろけたところへ、運のわるいことに大きな野地坊主につまずき、そのままタッタッタッと、泳ぐ格好で野地坊主の茂るグチャグチャの湿地のなかへつんのめった。やっとのことで四つん這いにはならずにすんだのがせめてもであった。

すでに狂女とは十メートル以上離れていた。抱きつこうとした狂女は、それでも私のつんのめった姿がよほどおかしかったのか、まるで淑女のように口もとに手の甲をあてて、ホホホッとしなをつくって笑いこけていた。抱きつこうとしたことなどケロリと忘れたように――。

私はホッとしたが、まだまだ危機は脱したとはいえなかった。十メートルぐらいは、山に慣れた軽い足では、一跳びか二跳びで追いつかれてしまう。そこで一刻も早く、たとえ一メートルでも二メートルでも遠ざかろうとあせりにあせった。私は百メートル競争のように力いっぱい駆けだそうとしたが、この狂人を犬にたとえれば、犬は逃げればかならず追いかけてくる習慣があると思った。うかつには駆けだせない。だから精いっぱい大股に足を運びつつ、密林へ密林へと姿をかくすようにして遠ざかることにした。

そしてヤチハギの大群落へもぐりこんでから、うしろをおそるおそるふり向いた。もはや狂女の姿は見えず、淡い焚火の煙が一筋立ちのぼっているだけだった。私が恐れおののいたことなど嘘のような静寂さである。

私はなおも警戒しながら小走りに走って、やっと川筋を離れ、高台へあがって安堵の胸をなでおろすことができた。

さて、落ちついて考えると、相手はたかが狂女ではないか、なにもあんなに恐がって逃げなくてもよかったのに——と、われながらおかしかった。まさか、とって喰おうというのでもあるまいに——と。だが、なぜ自分があんなに狼狽したのかと考えてみて、パッと顔の赤らむのを感じた。狂女が駆けよろうとしたとき、チラッとのぞいたものを思いだしたのだ。男の目の浅ましさか——。

私の全身が油汗でベトベトになっているのに気がついた。もはやカワウソなど諦めた。今朝、愛銃を肩に、さっそうと春別川に立ったときのことを考えると苦笑せざるをえなかった。カワウソを二匹とったら、一枚は首巻きに、もう一枚はチョッキに——と、とらぬタヌキの皮算用のたとえは事実になってしまった。これこそ、ほんとうのクタビレ儲けである。

どうやら、村の若者の語ったカワウソ二匹の話は真ッ赤ないつわりで、カワウソとはあの狂女と老婆のことだったらしい。

当時、あの海岸の猟人はだいたい二十八番か三十番の村田銃しか持ってなかったので、よその土地からきた私に二連銃でガンを撃ちまくられ、いまいましく思っていたので、ちょっとカラカったのに違いなかった。とすれば、カワウソのことを知らせてきた若者は、カゲで赤い舌をペロリとだし、うまく一杯喰わせて笑っていたことだろう。

あとできくと、あの狂女は根室町の人で、男を見ると追いかけたり、抱きついたりする色情狂だそうだった。人のいない山奥の静かなところで静養させたら治るかもしれないということで、今春連れてきたという。食料などを月に何回か小舟で春別川をのぼりくだりして運び、全快を待っているのだそうだった。それにしても狂人というものは、まったく常人の意表をつくことをするので、なんとも気味のわるいものである。

養老牛温泉を中心として

原野移住

天塩国、和寒原野の農家の小作人、二十五戸、五十余人が、根室原野へ団体移住することになったのは、大正五年のことである。私はそのとき和寒へ出猟中であったので、この話をきいて、これ幸いと、未知の根室原野に憧れて、これに参加、行をともにすることにした。

当時、鉄道は釧路港までで、網走線は網走港までというありさま。根室原野へは、網走から歩かねば行けなかった。われわれは大正五年十一月に網走に下車した。五十余人の老若男女の一行がゾロゾロと歩くのは見事な行列だった。

一行は網走から根室原野まで、百二十キロあまりを歩いて行こうというのである。まず鱒浦《ますうら》藻琴《もこと》、北浜、古樋《ふるとい》、止別《やんべつ》と辿って斜里《しゃり》で一泊の予定だった。

この斜里街道のすぐ南側に、細長いフルトイ湖があり、カモ群が黒豆をばらまいたようにたくさん水面に浮かんでいる。私は一行から離れ、愛銃を携えて湖岸へ急いだ。この湖では、まだ狩猟家があまり威嚇していないとみえて、私が腰をかがめて進んでも、別に怪しむ様子もなく、悠々たるものである。そこで、密集したカモ群へ散弾を「ダァーン」と撃ちこみ、ドッと舞いたつところへ、さらに「ダァーン」と二の矢。さらに手早く銃身に弾を装塡して、三の矢、四の矢と連射を浴びせ、斜里街道を行く人馬をおどろかせた。そして、それから枯ヨシのなかへ落ちたもの、草むらに落下したもの、さらに湖面に浮かんでいるものなどを拾い集めた。結局、マガモ、ハジロ、タカブなど十七羽の収穫であった。おかげで道中に一荷物ふえたが、今夜の宿での肴ができたと大喜びする者もあった。

斜里港から越川官設駅逓所を経て、根北国境下の平取りの助小屋にいたり、いよいよ斜里山道となる。山道の両側は国有林で、千古斧を知らぬ大原始林である。大木の枝葉が山道におおいかぶさって、ちょうど緑のトンネル内を行くがごとしである。

国境を越えたころに、短い秋の日はもう暮れかかった。留辺斯《るべす》官設駅逓所まではぜがひでも辿りつかなければならない。われわれは、行けども行けども大木下のトンネルを、ガヤガヤ騒ぎながら進んだ。足に豆をこしらえた者、長い道中に疲れはてて早くも愚痴をこぼす者。こんなことならくるのではなかった――と女たちは勝手なことをいい、根室原野移住にケチをつけ、そろそろ一行にヒビがはいりはじめてきた。

この山道を、斜里岳(一五四七メートル)を水源とする忠類川上流の渓谷にさしかかったとき、突如として「ウォーッ、ウォーッ」と、ものすごく大きい咆哮がした。ヒグマの叫び声だ。親子連れの母ヒグマが、多勢の人声におどろいて、子ヒグマに早くこい、早く逃げろと呼ぶ咆哮であった。われわれは一時にふるえあがった。

すでに網走から八十キロをヨタヨタ歩いてきて、一行はクタクタに疲れていた。愚痴だらけの女たちや、足の血豆を痛い痛いと泣きべそをかいた者も、このヒグマの咆哮に一時に痛さを忘れ、駆け足のように早くなり、ワアワアと、駅逓所まで一散に逃げこもうとした。

私は十二番二連にアイデアル弾を装塡し、でたら一発のもとにと、緊張して警戒につとめた。

この山道は約四十キロにわたって、北見と根室を結ぶ唯一の経路であり、沿線は大密林で人通りの少ない不気味な難所として恐れられていた。山道には四六時中ヒグマが出没して旅人が喰い殺されたり、追い剝ぎがでて人を殺して金品を強奪したりもした。だから、旅人は駅逓官馬にまたがってサッと駆けぬけていくのが普通だった。

幸いにも、われわれ一行五十人の大部隊は、ヒグマの咆哮の洗礼を受けただけですみ、追い剝ぎにあったりすることもなかった。もっとも、一人や二人の追い剝ぎがでても、多勢のわれわれには、あべこべにとっちめられるのがオチであったろう。そして夜の八時過ぎに、われわれは留辺斯駅逓所にワラジをぬぐことができた。

駅逓主にヒグマの咆哮のことを話すと、主人はさこそといわんばかりに、二日前に峠下で駅逓官馬が二頭、ヒグマに喰い殺されたと話してくれた。ヒグマはいつも官馬を狙って、ここらをウロウロして離れないので、いつ襲来するかと心配で、少しも油断できないそうであった。

留辺斯駅逓所から、次の糸櫛別《いとくしべつ》駅逓所までは二十余キロ。その途中に忠類川の碧潭《へきたん》を落下する小瀑布があり、轟々と遠雷のように鳴り、滝壺は白竜の奔湍《ほんたん》するように壮観であった。われわれ一行は、しばし恍惚としてこれを眺めた。

ソーケショナイ（滝の下という意味のアイヌ語）支流の合流地を金山《かなやま》といい、金属鉱山がある。忠類川の本流では、川底も見えないほど何千尾というサケが遡上するのを見つけた。われわれは大騒ぎになり、手摑みにしようとする者もあった。

忠類川の両岸の断崖は、青緑色凝灰岩や石英粗面岩地帯で、水はあくまで清冽《せいれつ》。大量のサケの泳ぐ奔流は岩をかみ、懸崖の紅葉は真紅に映えて、その美観はまさに一幅の名画そのものであった。われわれは再三再四、われを忘れてこれを観賞した。

網走から泊りを重ねて四日目にして、われわれはようやく目的地の根室国標津《しべつ》村字川北原野北一線という開拓地へ到着することができた。

川北原野は、大正二年にはじめて開拓者が入植したところで、全戸数五、六十戸に過ぎない。

一行のなかの長兵衛という男の妻女が妊娠中だった。ちょうど臨月で、道中ずいぶん心配したものだが、無事目的地までついて安心した。だが、到着したその晩に産気づき、産婆をたのみにいった使いの者が、お爺さんを連れてきた。このお爺さんが産婆さんだときかされて、われわれは男も女もみんなびっくりしてしまった。

東西南北、どちらを向いても密林、また密林のまっただなかである。われわれ遠来の移住者をバカにして、キツネかタヌキが化けて産婆になってでてきたのかもしれないぞッと、少々薄気味わるくなり、眉にツバをつけた者もあって、こいつは信用できないぞ、と警戒した。しかし、われわれ新来の者になにくれとなく世話してくれた親切な部落の人にきくと、お爺さんでもなかなか達者な産婆さんで、この原野ではみんなこの人の世話になっているのだと説明されて、ようやく納得。安心してまかせることになった。

産婦がいよいよ苦痛を訴えるようになり、男の産婆はタスキ、鉢巻きもかいがいしく、産婦の前にかがみこんだ。そして産婦の腰をかかえる丈夫な男が必要だとのことで、一行のなかから清治という男が選ばれてうしろへまわった。準備万端、これでオーケーである。

そうこうしているうちに、産婦は「やめて（痛んで）きたア……」と、第一声を放った。すかさずだれかが「ガンバレエ……」と大声で力をつけた。産婦はそこで、力いっぱいリキンでうしろへそりかえった。ところが、うしろで産婦の腰を抱えていた力自慢の清治が、不意を喰らって、脆くも産婦をかかえたまま重ね餅になって仰向けにひっくり返されてしまった。

われわれ一同は、あまりにも突拍子もないこの光景に、思わずわれを忘れてドッと笑いころげた。産婦までが、苦痛のなかながら苦笑いしていたようであった。

夜半から夜明けまで、数十回も「やめてきたア……」「それッ、ガンバレエ……」とかけあいのようなことをして頑張らせたが、なかなか生まれてこない。しかし、こればっかりは途中でやめるわけにもいかず、一生懸命につづけた結果、午前三時、ようやく大きな男の子を生みおとした。

私はこのような出産風景にははじめて遭遇したのだが、長兵衛の故郷では部落じゅうの人が集まって、ガンバレ、ガンバレと妊婦を応援するそうである。とにかく、大志を抱いて入植した新天地の第一夜に、立派な男の子が生まれたのはさい先よいことだと、一同おおいに勇みたったものであった。

川北には五、六十戸あるというが、見えるかぎりには一軒の家もなく、どこを向いてもただ森ばかりである。あっちに一戸、こっちに一戸と、それぞれ千メートル近くもはなればなれに住んでいるので、見えないのだ。どこに五、六十戸の部落があるのか、不思議なくらいだった。

この川北には、ムサ川にカモがたくさんいると土地の人に知らされ、私は早速、カモ撃ちにでかけた。ムサ川の堤防地にはナナツバ、ボーナ、コゴミが密林の下に生い茂り、ナナツバの生えていないひろびろとした木の下には、トクサが牧草畑のように、目のとどくかぎりつづいている。

そのなかにヒグマの往来した足跡があり、いつどこからヒグマがでてくるかわからない気味のわるいところだった。ジャングル内の川岸を、注意深く銃を構え、足音をしのばせて、上流へ上流へと行く。川の浅瀬には、サケの卵をついばむカモの群れが、次から次へと飛びたつ。これを片っぱしから撃ち落とすのだ。石狩方面のカモとは、くらべものにならぬくらいに鈍感で、カモさえ見つければ逃がすことなくとることができた。

この日はマガモなど二十一羽を得て、戦果は満足すべきものであった。欲をいえばヒグマの足跡がなかったらと思った。とにかく、原始林内に縦横無尽にあるヒグマの足跡を見ては、少しも油断ができない。ヒグマへの心配がなかったら、どんなに快適なカモ猟となることだろうと、しみじみ思ったものであった。

養老の滝

中標津町の養老牛温泉は、私が大正五年に入山して、ほそぼそと開拓をはじめてから今日にいたっている。この温泉から一キロ上流のトックレベツ支流の落口に滝があり、私はこれを養老の滝と名づけた。

現在の養老牛温泉は、アイヌ語で「ヨローウシ」を、私が入山して漢字の「養老牛」をあてはめたわけだが、北海道の詩人、更科源蔵氏によると「ヨローウシ」とは、「川のなかに大石が突き刺さっている」

とのことであった。

太古より温泉の湧出すところを、標津川のまんなかに大岩が起立しているのを目標にして、アイヌ族が温泉へ出入りしていたための命名であろう。昔、この地方のアイヌの酋長であった榛《はしばみ》幸太郎は、大正五年に私に「おれたちの先祖は、三百年の昔からこの温泉で暮らしていた」と語ってくれたものであった。

その大正五年ごろには、この滝壺に、八、九月ごろにマスが何百尾もいたものである。そして滝を登ろうと懸命に跳躍するのだった。これは実に壮観で、かわるがわるシュッ、シュッと目にもとまらぬ早さで、滝の中央、または六、七分目まで一気に跳ねあがるのだが、水量が少ないせいか、ボチャンと滝壺に落とされてしまい、乗りきれるものはない。コイの滝登りということはよくきくが、マスの滝登りは実に壮観である。

私があまり滝に近づくと、人がきたのを知って、いままで休みなくひっきりなしにやっていた滝登りをやめてしまった。そこで三十分も姿をかくして静かに待っていると、またぼつぼつ滝登りにかかる。そして次第にその数を増し、目まぐるしく忙しい滝登りは頂点に達する。跳びあがっては落ち、落ちてはまた跳びあがる。いくら頑張ってもダメなのだが、彼らは一日じゅう根気よくくりかえしている。夜となく、昼となく、くる日もくる日も、こりもせず、飽きもせず――。滝は頑として、一メートルもマスの滝登りを許さないのだ。

ところが、大雨が降り、川の水が平時の二、三倍に増水すると、滝壺に溜っていた何百尾ものマスは、またたくまに、矢のように白い滝の水のなかに薄黒いカゲを見せ、シュッシュッと一線になって登りきってしまう。その技術の見事さは、ただただ感心のほかはなかった。これが九月下旬の真紅のベニマスの滝登りともなれば、まったく美観というほかはなく、ヒゴイの滝登りと錯覚するほどでさえある。

私はある晩春、新緑したたるこの滝壺へヤマベ釣りにでかけたことがあった。ヤマベやイワナも、常にこの滝に大量にひしめきあい、マスと同様に果敢に滝に挑んでいる。

彼らもまた、人の気配をさとると、さかんにやっていた滝登りをやめ、こちらが小一時間もひそんでいると、また滝登りを再開する。マス族と違って、イワナ、ヤマベの数はずっと大量なので、数百尾が一時に、われこそはと、跳躍、飛躍するところは、ちょうど滝水に黒豆を投げつけるような格好である。パッパッと九分九里まで登るが、そこでたたき落とされる。

だが、よく見ていると、それでもなお巧妙なテクニックで登りきるものもある。滝の岩盤には、たくさんの凹凸がある。その窪みにピタリと身を吸いつけ、徐々に身構えをたてなおし、呼吸をはかって上部へヒュッと一跳躍する。そしてまた手ごろな窪みにピタッとからだを密着させて休憩。さらに体勢をたてなおし、一気に登る。

こうして、三度も四度も同じことをくりかえして、滝登りに成功するのだ。だが、この巧妙な滝登りに成功するものは、百尾に四、五尾かもしれない。黙って見ていると、滝の九分九里まで苦心して登っていき、もう一跳びのときに不運に押し流され、ボチャンともとの滝壺に落ちこむのが大多数なのである。

こんなことが、見ているまに何十回もくりかえされる。彼らが本気で滝を登ろうとしているのか、それとも遊び半分なのか、人間にはわからないのだが——。

私はイワナやヤマベの滝登りを恍惚として見ていた。滝壺には、大きなヤマベ、三十センチ内外のイワナなどがさかんに回遊しているのがよく見とおせた。こんなふうに滝登りや滝壺に見とれていたとき、すぐ頭上のアカタモの大木の枝に、カッコウ鳥が羽音高く飛んできてバサッととまった。

二メートル真下に人間のいるのを知らぬらしく、いきなりカッコーと一声鳴きはじめた。ところがその鳴き声がなんとも哀調をおびているのだった。滝の音と和して、このカッコウ鳥の鳴き声は自然のコーラスとなった。私はガラになく釣りの手も忘れて耳を傾けた。そして、ふと思いあたることがあった。

少年のころ、母からきかされたカッコウ鳥の哀しい童話をおもいだしたのだ。五十年も昔の、腕白ざかりの少年時代にきいた話がそれであった。

――ある山国の村に、若い夫婦の一家があった。夫婦にはかっこちゃんという女の子が一人あり、可愛い娘だった。夫婦は掌中の宝のように、蝶よ花よと愛して育てた。

ある日、母親がその娘を連れて裏山へワラビを採りにいった。うららかな暖かい日で、母と子はスミレ、タンポポなどの咲き乱れる草原で休んでいたが、そのうち母親はついウツラウツラと眠ってしまった。

何時間かたって母親が目をさましたとき、それまで母の手枕で眠っていた娘の姿がなかった。ハッとした母親があたりを見まわしたが、どこにも姿はなかった。さては一人で先に家へ帰ったのかと考えたが、なんとなく胸さわぎがするので、大急ぎで家へ駆け戻り、戸外から「かっこちゃん」と呼びながら家じゅうを探したが、どこにも娘の姿はなかった。

隣近所のどこにもいない。裏山のどこかで遊んでいるのかもしれないと、また山へとって返し、あちらこちらと気違いのように探しまわったが、どうしても見つからない。母親はいよいよ慌てふためき、娘の名を呼びつづけて、何度も何度も、声のかぎり、足のかぎり探して歩いた。手足は茨にひっかかれ、血を流しながら探したのだが、娘の姿は天に翔けたか、地に潜ったか、ついに姿は見えなくなってしまった。

母親はもう狂人同様になり、「かっこちゃん、かっこちゃん」と呼びつづけながら、とうとう山奥深く駆けこんで姿を消してしまった。

それから秋が過ぎ、長い冬も過ぎて、翌年の春になった。

裏山に、それまできいたことのない声で鳴く鳥が飛んできて、とつぜん「カッコー、カッコー」とさかんに鳴きはじめた。朝早くから一日じゅう、くる日もくる日も鳴きつづけるのであった。

山の人たちは、この鳥をカッコウ鳥と呼ぶようになった。あの母親がとうとう鳥になってしまって、可愛い娘の名を呼びつづけて、ほうぼうの国々、村々を探して飛びまわっているのだと噂するようになった。

「だから、いまでもカッコー、カッコーと可愛い一人娘を探しているのよ」

と、私の母は目にいっぱい涙をためて、幼い兄弟にこの話をしてくれた。腕白ぞろいの私たち兄弟五人も、この話をきくときだけは、かならずおとなしくして、母と同じように涙を浮かべて神妙にしていたものだった。何回も、いや何十回となくきかされても、不思議にきき飽きたということはなかった。

養老の滝を見ながら、私は少年時代のことをおもいだしてなつかしかった。もう老人になった私だが、いまでも母の話が忘れられない。毎年早春にカッコウ鳥の声を耳にするたびに、おもいでが深くよみがえるのである。

ヤマベ釣り

私は狩猟もやるが、釣りも天狗組の一人だと自負している。

養老の滝の滝壺の大ヤマベは、だいたい釣りあげ、あとは小さいのやイワナだけになったので、新しい釣り場を求めて移動することにした。これが大ヤマベ釣りのコツである。まるまると肥えた大ヤマベばかりを選り釣りしていくのだ。

そんな手品のような真似ができるものか、ホラもいい加減にしろとのたまう人があるかもしれないが、ヤマベ釣り師ともなれば、こんなことぐらいはお茶のこさいさいで、いともたやすいことだ。

さて、大きなヤマベばかりを釣るには、オモリは禁物だ。餌の重みだけで充分。そこが他の魚を釣るのとちょっと違う点である。

ヤマベには餌を水面に力づよく振りこむ。大ヤマベは、これに呼応するかのように、間髪をいれず跳びかかってくるのであって、そこを四、五尾ずつ、大きいやつばかり釣りあげては、新しい釣り場、新しい釣り場へと敏捷に移動していく。

小さいヤマベは勢力が弱いし、鈍感なイワナなどはとうてい大ヤマベの俊敏さには追いついてはいけない。そこで大ヤマベばかりを選り釣りできるというわけである。

だが、今日では、時期と場所によってはそんなゼイタクをいってはいられず、イワナでも根こそぎ釣りあげる非紳士的?な釣り師になってしまった。

イワナは、根室地方ではとかく敬遠されているが、そうバカにもできない。七月から八月は脂がのり、まるまると肥えているので、焼干しにすれば風味があり、甘露煮などにして老人向きはもとより、都人士《とじんし》にも歓迎される。あぶれば酒の肴としてもイケるし、ダシに使ってもよい。「イリコ」のダシ粕はニワトリの餌にまわされるのだが、ヤマベ、イワナのダシ粕ともなれば、親子で争奪戦を演ずるような好物となる。ここに渓流魚としての価値があるというものだろう。

私は近いうちに知床半島の植別川上流、根北国境方面へ地質調査に出掛ける予定だが、釣り行もまた狙いの一つだ。この渓流はまだ釣り人の未踏の地で、大小のハコが多く、遡行不可能視されているところである。おまけに人の出入りがないために、ヒグマの天国として恐れられている。そのために素人の釣り人には全然向かない魔の神秘境とさえいえる。

ただ、この渓谷へは北見の斜里側から、海別岳《うなべつ》(一四一九メートル)を越えて上流へ釣り師がはいりこみ、大きなヤツをさらって行くのだ。したがって、大ヤマベは遡行困難な悪場の幽谷にだけおり、無尽の宝庫としての誇りを持ちつづけている。いまどき珍しいヤマベの秘境というところであろう。

それでも年に一回か二回ぐらいは、命知らずの釣り職人がのりこむことがあるというが、その数はごく少ない。私は約一ヵ月のうちに、渓谷のスミからスミまで探検し尽くそうという計画で、鬼がでるか蛇がでるか、期待は大変大きい。渓谷内のビバークで、釣りたてのデッカいヤマベの塩焼きと、うまいヤマベの味噌汁をたっぷり楽しみたいものである。

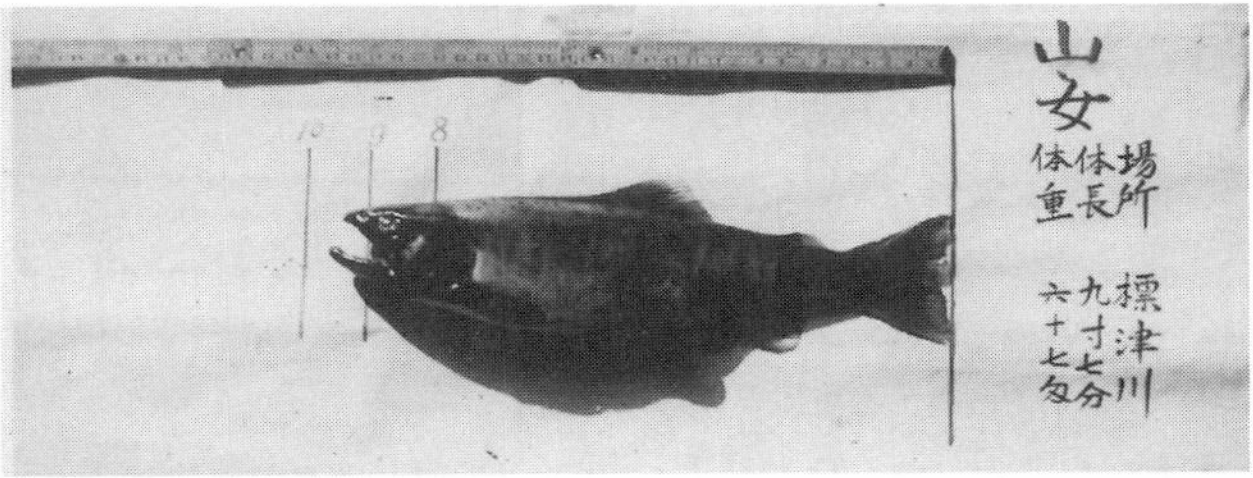

標津川で釣ったオスのヤマベ。婚姻色が出ているので8月上旬頃と思われる。このヤマベも甘露煮にして正月に食べたが、武重の子（如矢）もさすがに持て余していた（西村穣）

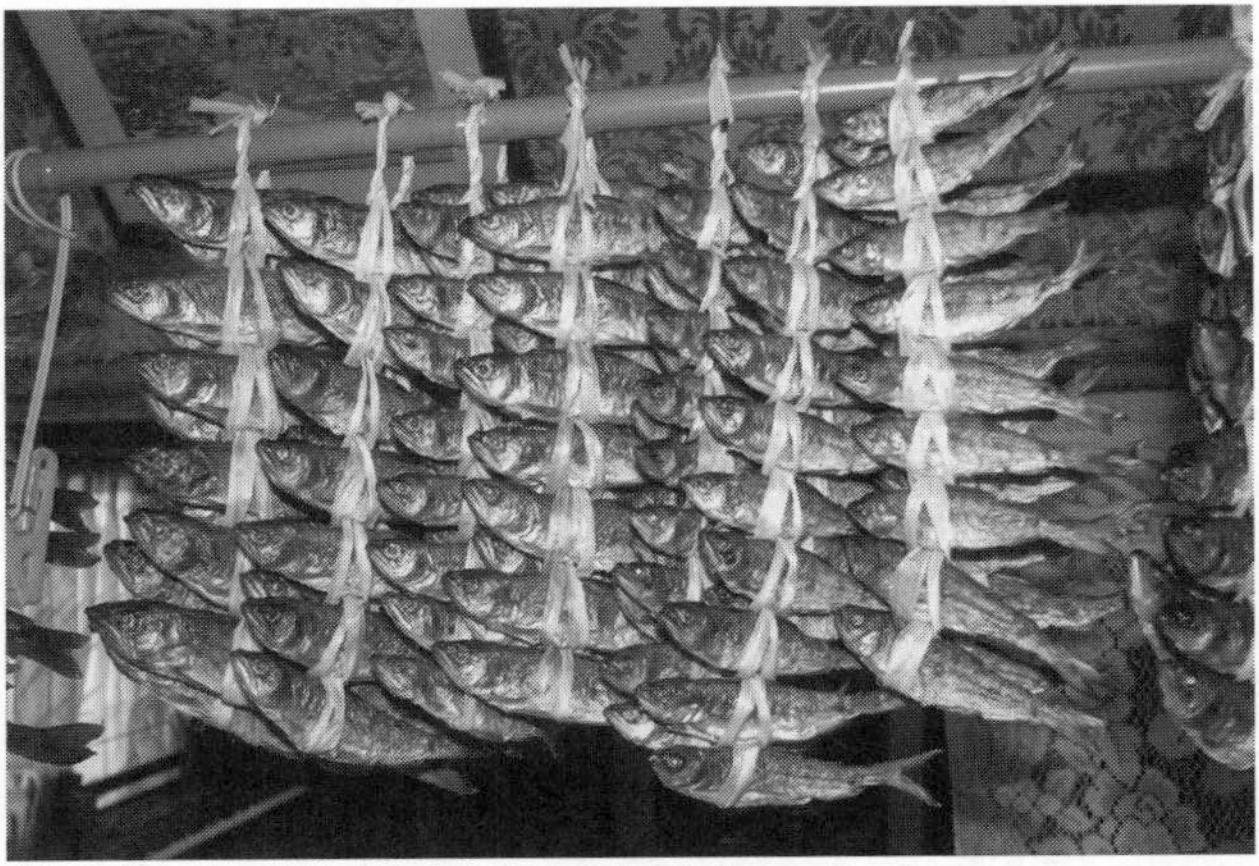

ヤマベの焼干し。乾燥させて編み込む。以前は薪ストーブの上に洗濯物と一緒に干して、追加乾燥させていた。この編み方はアイヌ方式のようだ（西村穣）

カムイヌプリの猛吹雪

阿寒国立公園に属する摩周山麓——中標津町養老牛温泉から十二キロの山奥にある北見と根室の国境国有林で働いていた山の杣夫《そま》、その他の十八人が、正月をわが家で祝おうと、夜来降り積もった七十センチ余りの新雪を押しわけて山小屋を出発したのは、昭和二十四年十二月二十八日のことであった。

朝七時ごろには、西風がややつよいという程度だったが、やがてゴウゴウと山鳴りがしはじめ、大吹雪にならねばよいがな——と、お互いに語りあいながら下山を急いだ。しかし腰までうまる深雪とあって、行程は思うようにははかどらない。藪出しの馬三頭が先頭に立って喘ぎつつ踏みわけて行き、そのあとから一行が一歩一歩、馬の足跡を辿って下山した。

山の飯場から二キロもきたころ、一天にわかにかき曇り、風速は次第につのり、とうとう大吹雪になってしまった。七十センチの軽い新雪が、根こそぎ吹きまくられ、一メートル前を行く三頭の馬の足跡さえ、大風の一吹きであとかたなくうまり、消されてしまう始末だった。まったく予想外の猛吹雪、大暴風雪と化してしまったのである。

一行は、お互いに名を呼びあい、声をからして励ましあいつつ、離れ離れにならぬように急いだ。しかし、いくら警戒しても、転びつ、起きつで、道はいっこうにはかどらない。突風を喰らってひとたまりもなく吹き倒され、ようやく起きたと思ったら、また吹き倒されるというありさまで、歩くより這うほうが多くなるほどだった。

もう前の者も、後の者も、呼びかう言葉が何が何やらさっぱりわからなくなり、耳を聾する疾風のうなりしかきこえない。おまけに粉雪をまいて吹きつける針のように痛い雪に目も口もふさがれ、鼻口までもふさがれて呼吸困難になることもたび重なった。眉毛は凍りつくし、粉雪は払っても拭っても目にかぶさり、とうてい目をあけてはいられない。

五、六十センチ前を行く連れが見えなくなり、前の者が倒れて四つん這いで喘いでいるのでつきあたって、やっと連れの所在がわかるというありさま。まことに一寸先も見えない状態で、疲労は刻々と増大するばかりだった。

途中、槍岳のふもとへでる四キロの距離に、四時間も五時間もかかっていた。風はますます猛り狂い、風速四十メートル以上の強風、そして吹きつける寒気はマイナス三十五度近くにもなったろう。

馬の足跡の僅かな窪みを唯一のたよりにして、手さぐり、足さぐりで一寸刻みに、歩いているより這って行くほうが多く、ただ動いているというにすぎぬ惨状である。寒気はひしひしと全身に迫り、手の指先は白く変色して凍傷にかかった。右に吹き転ばされ、左に吹き倒され、疲れはてて足どりもさだかではなくなる。ときには、烈風に三、四メートルもコロコロと吹きとばされ、帽子や首巻きはいつのまにかどこかへ失い、軍手は氷のようになって手首に凍りついた。外套を着ていた者は、裾や袖口がカンカンに凍って、引きちぎられてしまう。

もはや、だれかれの差別などなく、死に物狂いの死闘となってしまった。十八人の一行の一人一人は、他人の安否など念頭におけなくなってしまった。他人どころか、自分がどうなるかさえ見当がつかなくなったのだ。

「おれはもうダメか、もう死ぬのか……。いや、死んではならない。なんとかして人家へ辿りつきたい」

と、だれも彼も、この一心で、ただ生きようと気力をふるい起こした。

運のよい者と、わるい者とがハッキリ分れたのはこのあたりだった。両者はだんだんに離れてしまい、運のわるい者は後へ後へと取り残されてしまった。

だが、後も先も、一寸先が見わけられない。荒れ狂う猛吹雪のなかでは、先へ行く者も自分一人になってしまったとあせり、後に残された者は落胆が倍加するばかりである。

しかも、怒れるカムイヌプリの大暴風雪は、このころ百雷が一時に落ちたごとく、天裂け、地破れたかのように爆発した。あたりは暗黒の修羅場と化し、大自然のまっただなかで、小さい人間の存在はそれこそ豆粒ほどにしか値しない。

瀕死の一行十八人と馬三頭は、槍岳のふもとをまわり、一つ山を過ぎたころ、互いに「おれはダメだ」と、頭にひらめくようになった。

ここまで山小屋から十キロ、それも八時間以上かかった。午後二時、寒気は加わるばかりで、ついに運のわるい落後者は五人になった。服のポケットには雪がギッシリ詰まり、手首や首筋から背中へと粉雪が吹きこみ、手足の凍傷は刻々と進んだ。しかも、夕刻になるにつれて、寒気は情け容赦なく襲いかかり、神仏から見放された五人は一団となって、喘ぎつつ、それでも造材搬出の道へでることができた。

この旧本道へでれば、もう迷うことなく広い一本道で、養老牛部落の一番奥の農家まで二キロあるかなしかである。

彼らはここでヤレヤレと思ったに違いない。しかし、狂暴な猛吹雪はなおも手を休めず、五人をさらに残酷に、徹底的に痛めつけたのだ。一行は本道へでられて安心したせいか、死に物狂いで頑張ってきた気持にヒビがはいったのか、小休止した。だが、極度の疲労のはての小休止が、かえって一行を再び立って歩くことを不可能にしてしまった。せめてもと、五人は一団となり、抱きあって暖をとろうとしたのであろうが、結局はそのまま、ついに帰らざる冷凍人間と化してしまったのである。まことに哀れな大事件であった。

同日、もう一方の十三人は、夕方、最奥の農家へ半死半生で転がりこんできた。凍傷で顔面も手も白くなり、息も絶え絶えになった十三人である。家人の手厚い看護でようやく生をとり戻したが、家の近くまできて精も根もつきはてて倒れ、家人に引きずられてやっと家のなかへはいれた者もあった。どれもこれも、上着やズボンがからだに凍りついて脱げないのを、ハサミや刃物で切り裂いて脱がせる始末だった。

生存者の話だと、この農家がもう二、三百メートル遠かったら、おそらく全滅したことだろうという。が、これより先、生存者たちから、まだ帰ってこない者のあることがわかり、すぐ捜索を――ということになったが、すでに夜になり、しかも大暴風雪はますます荒れに荒れて、一歩も戸外へでることはできなかった。日中ならば、人数をくりだしての強行も考えられたが、暗黒の夜では、それこそ死にいくようなもの。犠牲者を増大するので断念するより方法がなかった。そこで凍傷の重症患者の手当などをし、まだ帰ってこない仲間を心待ちして、夜を徹したのであった。

翌日も前日に劣らない大暴風雪で、ついに帰ってこなかった者の捜索のために部落へ連絡もできず、気をもみつつ長い一日を過ごした。そして三十日、やっと風が静まったので、部落じゅうに遭難の報が伝えられ、ただちに捜索隊が続々とくりだされた。

養老牛スキー倶楽部員、同青年団員など、一陣、二陣と、おのおの緊張して山へ向かって出発した。山岳地帯、カムイヌプリ山麓の平原と、手わけして探した。どこか風のあたらない場所で生きていてほしいと念じつつ、奥へ奥へと捜索の線をひろめていったのだ。

ところが、まったく思いもかけぬ人家に近い前記の場所で、五人がひとかたまりになった凍死体が発見された。捜索隊は言葉もでなかった。

五人の死体は凍結して、岩石のようにカチンカチンだった。まるで材木のような悲惨なありさまで、ただ唖然として合掌するばかりだった。

いずれも二十歳台の血気さかんな青年たちばかりが遭難したのだから、いかに猛烈な大暴風雪だったのかがわかろう。

そういえばその十六年前の昭和八年一月十八日にも大暴風雪があり、このときは当時十歳（小学校四年生）の筆者の娘、他三人が、学校からの帰りに吹きとばされ、一瞬に四人が死ぬという事故があった。

それから十数年後のこの事故は、根室国内で十一人もの凍死者をだした。根室原野、とくにカムイヌプリから吹きおろす魔の猛吹雪はたとえようもなく恐ろしいと、おもいだすたびに身の毛もよだつおもいがするのである。

あとがき

無学者の私が、以前、日本屈指の山岳誌『山と溪谷』誌上に狩りの話や釣りの体験談を書いた下手な作文を、おそれ気もなく出しましたところ、時の編集長川崎隆章、岡部一彦画伯両先生のお蔭により、連載して頂きましたが、つらの皮の厚い私は大きな慾が頭をもたげて、一冊の本にまとめることはできないものかと問い合せたところ、突然全く思いがけもなき川崎吉蔵社長ご夫妻が、わざわざ草深い片田舎、養老牛の拙宅にお立寄りくださいまして、出版のことご懇談頂きました結果、内容はともかくとして前著『北海の狩猟者』を出版して頂き私には無上の光栄で深く感激致しました次第。

今回のは、まだ残されていましたもの十数編と他の雑誌に執筆のを取りまとめて本にしたいものと思い、川崎社長へご相談申上げましたところ、同社長のご高配を煩しお蔭で出版して頂くことになり有難く深謝申上げる次第でございます。私は七十九歳、これでもうなんにも思い残すことはございません。本当に有難く重ねて心よりお礼申上げます。

1914（大正3）年、22歳頃の西村武重。上はガン、下はマガモ。猟場は石狩川

解説　日本で一番凶暴な生き物の話

服部文祥

首都圏に住んで登山や狩猟をしている。関東近郊で狩猟や狩猟登山をするときのターゲットはシカ、イノシシ、そしてクマだ。獲物を狩りながら北海道の山を長く旅したりもする。その時の獲物はエゾシカ、キタキツネ、エゾライチョウである。関東近郊でも北海道でも、シカの棲息比数が圧倒的に多いことと、シカは山旅の道中に出会いやすいということ、の二点から、私の獲物は圧倒的にシカが多い。比率はシカ：イノシシ：クマが一〇〇：二：一というところである。クマは一頭しか仕留めたことがない。狩猟期のはじめに散歩していて、たまたま出会って撃っただけ。ほかに、出会ったけど撃ち漏らしたのが一つ。岩壁から落ちてきたのが一つ。仲間が仕留めたクマを分けてもらったこと数回。登山中に姿を見たのが一〇回ほど。単独渉猟でクマの足跡を追って追いつかなかったこと数回。北海道の山を旅していて、夕方、シカを撃ち、内臓だけ出して翌朝解体しようと思っていたら、朝にはきれいさっぱりなくなっていたこともある。

クマと私の関係はその程度だ。本書の解説を書く適任者とは言いがたい。だが、それを言い始めたら解説など書ける人がいなくなってしまうので、解説代わりに、クマをめぐる私の世界観をすこし記してみたいと思う。

ここ五年は犬と一緒に山に登ることが多いが、それまでは、ひとりで北海道の日高山脈や増毛山地、知床半島などを旅してきた。だからだと思うが「クマは大丈夫なんですか?」とよく聞かれた(今でも聞かれる)。

この質問に対する答えは単純明快「大丈夫です」の一言である。だが、質問者がそう聞いて引き下がることはない。シカの肉を背負って山に登ったら、においでヒグマが寄ってくるのではないか、とか、テントも張らずにタープだけでは夜中に襲われるのではないか、とか質問を重ねてくる。

私としては、そうなったらそうなったで、「どっか行け」と諭すなり、鉄砲で撃ち殺すなりすればいい。クマはクマで生きているわけで、どう判断して行動するかはクマの自由だ。私が山で自由に活動するのと同じである。クマは対応を誤らなければ、それほど危険な動物ではない。だが多くの人は異常にクマを怖れている。

そもそも人は、人間が他の存在の食料になるという事態に、過剰に反応する。山にはいろいろな生き物が棲んでいて、中には人間を食すものもいる（たとえばダニ、蚊、アブ、ヒル。死んだ人間ならもっとたくさんの生き物が食べる）。

山奥を長期間うろうろする私の活動を評価するのに「クマに襲われるかもしれないのにすごい」という視点は単純に正しくないし、不本意でもある。だから、クマの名誉を挽回するためにも、時間と気力があれば、できるかぎりの説明を試みることにしている。

クマの事故を心配するほとんどの人は、ヒグマもツキノワグマも、人肉を求めてよだれを垂らしながら森をうろついていると思っている。『熊嵐』と星野道夫さんの事故の印象で、クマは凶暴なものとして頭の中に固定されてしまっているようだ。

「クマのメニューに人間は入っていませんよ」とまず私が言うと、ニタリと笑って「またそんな冗談言って」という反応が返ってくる。

次に具体的なデータを出す。

「最近、クマに喰われた人間がいますか？」

ここ数年は秋田に人喰いグマが出ているので、この質問の効果が低下しているが、秋田の特殊個体（ツキノワグマ）を除けば、クマが人を襲う事故は実際のイメージほど起こっていない。

人間を殺す数だけを考えれば人間にとってもっとも危険な生物はハチ（スズメバチやアシナガバチ）である。毎年二〇人から三〇人ほどが、ハチに刺されて命を落とす。だがこれはハチの毒が致死的に強いためではなく、刺された人間側がアナフィラキシーショックを起こし、気管が腫れて窒息するためである。ハチ毒がきっかけとはいえ、死の構造はサバにあたるのと同じで、どちらかといえば人間側に問題がある。ハチのほうとしても「もっとも危険な生き物」とされることに対して異議があるだろう。ちなみに私も昨年（二〇二〇年）の夏にハチ（キイロスズメバチか？　アシナガバチか不明）に刺されて、意識を失ってしまった（幸運なことに死ななかった）。

ハチの次に死亡事故が多いのはイノシシである。そのあとにマムシ（ヤマカガシ）、クマ、シカ、犬などが続くのではないかと思う。イノシシのキバで攻撃されることを狩猟用語で「サクられる」というが、イノシシにサクられる狩猟者の事故は毎年複数回起きており、クマの事故より多い。イノシシのキバを見たことがない人は、イメージがわかないかもしれない。イノシシの反り返った三角柱のキバは、上下のキバをこすりあわせるようにして常に鋭く研がれている（新聞紙などはスーッと切れる）。このキバを使ってイノシシは土を掘り返し、マメ科の植物の根やミミズなどを食べるわけだが、大きめのイノシシが人間を攻撃するとちょうど股関節あたりにキバが入り、内股の大動脈をざっくり切られて、出血多量で死亡することになる。

ただイノシシの殺人は「狩猟者の事故」というところがポイントで、撃たれたり、罠にかかったりして、手負いになったイノシシが反撃しているものである。イノシシが人間を食べるために襲うことはない。

同じように、手負いになったシカも反撃してくることがある。昨年は罠にかかったカモシカ（特別天然記念物）を、罠から解放しようとした罠猟師が、当のカモシカにサクられて死亡するという事故も発生した。ただこれらもすべて狩猟者が反撃を受けたものだ。

そしてクマの場合も撃たれたことや追跡されたことへの反撃で人間を襲うのがほとんどである。

話は少し逸れるが、危害を加えられるという意味でその数を考えれば、人間にとってもっとも危険な動物はいうまでもなく人間である。何らかの意志による暴力で、人間に殺される人間が、国内で毎年三〇〇人ほどいる。未遂や過失も含めたら倍以上になるのだろう。車の事故で死亡する人が三〇〇〇人弱。クマに襲われて死ぬ人は年平均二人程度なので、単純にクマより人間のほうが一五〇倍、車のほうが一五〇〇倍凶暴ということになる。

ついでのついでに書いておくと人間に撃たれて（狩られて）死亡し、人間に食べられたりするクマは年間三〜五〇〇〇頭ほどである。クマのメニューに人間は入っていないと書いたが、人間のメニューにはクマがしっかり入っている（よい個体の肉はとてもおいしい）。そんな人間に「凶暴」と思われていると知ったらクマはどう思うのだろうか。

殺人の数だけを見たら、クマより人間のほうが圧倒的に凶暴だが、そう言われて「人間凶暴説」に賛同する人はあまりいない。「数」で比べるのは、母集団の数がまったく違うので公正な比較とは言いがたいからである。日本で死亡する人の数は年間で人口の一パーセントという（約一二〇万人）。そのうち殺人で閉じる人生が三〇〇だとしたら、その確率は約〇・〇〇〇三パーセント。秋田の里山に山菜採りに入る人が仮に一万人だとしたら、そのうちのひとりがクマに食われる可能性は〇・〇一パーセント。そう考えるとクマを凶暴だと考えることもあながち間違えているとは言いにくくなってくる。

生態学者の観察や狩猟者などの体験から、ケモノたちの間にも知識の継承があり、親から子へ「人間は凶暴だから近寄るな」ということは伝授されていると考えられている。そのため、私が山中を歩いていたり、眠っていたりしているところを、クマが私を食べる目的で襲ってくるという事態はほぼ起こらない。

母親からそう伝授されていたにもかかわらず、もしくは何らかの理由でクマ的文化を継承することができなかった個体などが、人間とばったり遭遇してしまい、恐怖に駆られて排除しようと手を振ったら、人間があっさり死んでしまった、というのが、クマ事故のパターンとされている。怖いと聞かされていた人間が実は自分より遥かに弱く、しかも食べたら旨かったという体験は、知識を継承できる程度に知能が高いクマにとって強烈な成功体験になるようだ。これが人喰いクマが生まれるカラクリと考えられている。怖れていたものが実は弱いというギャップによってより強く「人を襲うのはよい食べ物を得る簡単な方法である」とクマに刷り込まれ、積極的に人を襲うようになるのではないかというのである。

母親を狩られた子グマが、後年、母グマを撃った猟師を襲ったという報告がある。狩猟者の中には、文化が継承される状態で安定した山奥のクマを獲るべきではない（里に下りてきた問題個体だけを狩るべきだ）と考える人もいる。

動物の生態を独自のユニークな視点から紹介した『動物感覚』（ＮＨＫ出版）によ

ると、家畜の性格をおとなしくするには、たった三代の世代交代でいいという。攻撃的な個体に繁殖をさせず、おとなしい個体だけ選んで三代繁殖するだけで、一つの家畜の集団はとてもおとなしくなるというのだ。

クマはおとなしい動物であると書いてきたが、もしかして家畜をおとなしくするのと同じことを我々はヒグマにもつづけてきたのかもしれない。やんちゃなクマや、人間を怖れないクマのほうが、人間と接触する機会は多いはずだ。そんなクマは排除されて、山奥に暮らすことを好む臆病なクマだけが残って生命を繋いでいたとしたら……。

というのが「クマに襲われないのか」という質問への私なりの解答である。不慮の遭遇はしないよう注意しているが、夜中に襲われるということをそれほど怖れていない（朝起きたらタープの横五〇メートルに、寝る前はなかった新しいヒグマの足跡が付いていたことがある）。

怖れていないだけでなく、じつは、心の奥の隅っこのほうで、襲われてしまってもいいかもしれないとも思っている。若いころはそんなこと考えていなかったので、その考えは狩猟を通して私の中に生まれてきたものである。

狩猟というと、ケモノを撃ち殺す瞬間や、罠で捕らえた瞬間などがイメージされがちだ。だが時間、労力、技術のどれをとっても、捕らえる瞬間は狩猟行為のごく一部にすぎない。狩猟行為とは大きく三つのことから成り立っている。「出会う（追う）、仕留める、解体する（喰う）」の三つである。

なかでも「出会う（追う）」までがもっとも不確定要素が多くて難しい。それゆえ時間も労力もほとんどがここに注がれることになる。ケモノと出会うために狩猟者がすることに特別なことはなにもない。ケモノの生活圏である森に通う、ただそれだけだ。

森に入っても闇雲に歩くだけではケモノには出会えない。出会いを増やすために猟師は観察し、考える。獲物の痕跡（過去）を探して、過去から現在を想像する。観察して、考えて、忍び歩いて、時には待ち伏せを続ける。それでもケモノがなにを考えているかはわからない。ときどき小さな答えのようなものに出会う程度である。たとえば、クマならクマを追いかけ続けるうちに、それぞれのクマの個性に触れることがある。森Aに住んでいるクマはやや小型だ、とか、森Bをテリトリーにしている個体は大きめで、行動も大胆に見えるとか……。

単独忍び猟をしている私はシカを追うことが多いので、シカの個性にはいくらか触れてきた。日頃気配は感じられても、姿を見ることはほとんどない立派な牡ジカたちが、発情期には姿を見せ、それどころか、鉄砲を持っている私を威嚇したりする。親子のシカは仲むつまじく、子ジカは人間の子どもと同じように甘えたり、ぐずったりする。雪面に残った親子の足跡を見ると、まっすぐ歩く母親の周りをじゃれ歩くように子ジカの足が交差する。こちらに気がついていないシカの親子を観察すると、子ジカは母親の顔を舐めていたり、叱られてシュンとしていたりする。人ほど複雑なことは考えていないかもしれない。だが、友愛、歓喜、恐怖、嫌悪などの情はケモノにも間違いなくある。

狩猟者はケモノを求め、ケモノのことを考え続ける。季節で食べるものはどう変わるのか。その日の気温をどう感じるのか。天気は？　晴れが好きなのか、雨は気にならないのか。世界をどう見えているのか。登山者と猟師を見分けているのか。

自分の頭でしか考えられないので、自分がシカだったらどうするかを、シカになったつもりで想像する。四本足でもなく、蹄も、毛皮もない。シカの鼻や耳や目で感じたことがない。シカの感覚にはなれないから、ほとんど当てずっぽうの想像になる。それでも、狩猟者にできるのは、森に残された痕跡から、ケモノの身になって感じ、考え続けようとすることだけだ。

シカの気持ちになって、シカの行動を考える、ということは、人とケモノとの境界線を下げていくことになる。シカの気持ちになろうとするとは、大前提として、シカと自分が似たように考え感じていると認めていることである。獲物の気持ちになろうとする狩猟者は、ケモノのなかにわれわれが「心」とか「魂」などと呼んでいるものがあることを大前提としているわけだ。

ケモノを追うために、ケモノの気持ちを想像することを繰り返す狩猟者はあるとき、人とケモノの境界線そのものを越えてしまう。

ケモノの目線で世界を見てしまうのである。

「客観的な立ち場で」とか「他人の気持ちになって」などと、よりよく生きていくための指南として人は言う。同じく、狙っているケモノの気持ちに本気で迫ることにも、世界を静観する奇妙な教示的感覚がある。ケモノになりきればなりきるほど、ケモノの私が見るのは、ケモノになった私を殺しにくる私自身だからである。

星野道夫さんが日本に紹介した北米インディアンの世界観に「かつて人はケモノになることができたし、ケモノも人になることができた」というのがある。神話などと形容されることもあるが、じつはこれは神話ではなく、我々狩猟者にとっては実話である。昔も今も、狩猟者はケモノになることができる。少なくとも狩猟者のなかにケモノと人間を分ける境界線はない。

森に入り、ケモノになるという体験は怖い。自分がどちら側の世界にいるのか、よくわからなくなってしまうからだ。こっち側の世界に帰って来れているのか、というか、こっち側とあっち側の区別とはいったいなんなのか、わからなくなる。

そんな不安に駆られた狩猟者が人間に返るための世界共通の方法が、文化人類学的に観察されている。狩りから帰った猟師は饒舌になるというのである。たしかに、私に猟を教えてくれた年寄りたちも、猟師小屋に帰ってくるとよくしゃべった。もちろん私も気がつくとしゃべっている。もしくは、こんな原稿を書いている。単に獲物話が面白いからだと思っていた。もともと、言葉や物語というのは、獲物話のために生まれたのではないかと思っていたほどである。だが、この世に戻ってくるためという指摘をはじめて聞いたときは鳥肌が立った。まさにそんな気がしたのである。人間の言葉をしゃべるとは、人間社会側にいることを確認することでもあるのだ。

ケモノを知り、ケモノの個性に触れ、時に自分たちがケモノの目線から世界を見るほど同調しても、狩猟者の目的はそのケモノを撃ち殺すことである。笹原でじゃれ合うシカの親子に銃を向け、藪の中で眠っているイノシシの親子に犬を嗾《けしか》ける。

そして猟師は考える。自分の中ではケモノと人間の存在に違いはないのに、人間相手なら凶悪犯罪であることが、なぜケモノ相手には許されるのか。

いくら考えても、答えは出てこない。少なくとも私の中に納得する答えはない。そういう存在なのだ、というのが今のところの結論である。

殺される側のケモノたちも、殺されたくないと思っているのは間違いない。撃たれても当たりどころによっては、負傷したままどこまでも逃げようとするし、追い詰められた場合は、反撃に来ることもある。急所に当たってさえ、最後の一歩まで逃げ、闘おうとする。

シカやイノシシやクマにとって、最大の驚異は人間である。ドングリ類の不作や豪雪などの自然現象も、生存を脅かされる大きな要因だろう。だが、自分の生命を脅かす人間や気象状況に対して、ケモノたちが備えているそぶりはない。未来を見通す能力も、対処する能力もないからなのだろうか。見方を変えれば、諦観していると考えることもできる。彼らはすべてを受け入れている。まるで生きるということは、そういうことであるかのように……。

人は平和で健康的な暮らしをする権利がある、というようなことが日本の憲法には書かれていて、実際に、多くの人はそういう権利があると思っているようだ。

だが、よくよく考えるとそれは人間社会の中だけでの約束にすぎない。そして私がシカを一方的に撃ち殺すことが許されているのも実は人間社会の約束事だ。鉄砲の所持許可を得て、狩猟免許を取り、シーズンごとに狩猟登録すれば、狩猟鳥獣を殺しても人間社会は咎めないですよ、ということである。もっと言うなら約束のすべてが人間社会の約束であり、ケモノには関係ない。私はシカを撃つ許可をシカから得たことはない。そもそもケモノを殺すことに関して「許される許さない」という判断さえ、人間の考えに過ぎないのだ。

動物たちが自分を取り巻くそうした環境に対して異議申し立てをすることはない。せいぜい、自然環境を自力ですこし加工して、巣を作るくらいである。シーズンには狩猟者につけ狙われ、雪の多い年に死ぬかもしれなくても、受け入れている。いや受け入れる入れないではなく「そういうもの」なのだ。

私は殺す側である。だがシカにとっては「そういうもの」の一部に過ぎない。

実は人間も、本当はケモノと同じように生きているのではないかと、ふと思う。人として最低限の暮らしをする権利がある、というのは言葉の上のまやかしで、突然の凶悪犯罪に自分や家族が巻き込まれる可能性はゼロではない。災害や事故で命を落とす可能性もある。生きる権利は、不老不死でも神様の保障でもない。単なる人間社会の希望である。少し前ならそんな考えは相手にされなかったかもしれないが、3・11の以降、少しは説得力をもつようになった。

生きている、だから死ぬ確率は常にあり、少なくとも将来、必ず死ぬ。それが生命体である。生命体としての在り方、環境や状況は、存在の前提であり、従うしかない。権利や常識、平均寿命などは目安みたいなものだ。すくなくとも、人間の社会を出たら、われわれに生きる権利はない。クマに「襲うな」という権利はなく、そこでは、生きるために努力することがそれぞれ平等に許されている、というあたりが正しい表現である。

クマと素手で殴り合いになったら、勝てないことはわかっている。寝込みを襲われたら、鉄砲を持っていても、たぶん上手く対処できないだろう。でも私はそれでいいと思っている。私がシカを襲うように、クマが私を襲ってもいい。それが存在というものだ。

生き物はそれぞれ生きるための空間を奪い合いながら存在してきた。我々人類は、地球上の多くのスペースを自分たちのために確保することに成功して繁栄した。その勢いはいまでは地球そのものを壊すほどになっている。

なんでこうなってしまったのかと、ときどき考える。

「おそらくそれは、繁栄が楽しくて気持ちがいいからではないか」というのがいまたどりついている暫定的な結論である。種が繁栄発展しているという感覚は、純度の高い脳内快楽物質を生成するのではないのかと思う（もしくはそう刷り込まれているのかもしれない）。

本書『ヒグマとの戦い』の面白さも実はここにあるのではないか。本編を読んだ方は、本書で表面的に書かれているのは、「戦い」ではないことがわかるはずだ。ちょっと露悪的に言えば、ここで書かれているのは一方的に殺す話だ。あえて言えば「虐殺」である。

だが一歩引いて考えれば、やはりクマとヒトとの「生活空間の奪い合い」であり「戦い」といえる。明治から昭和初期のヒグマが多数棲息していた北海道で、人間がどのように増殖していったか。そこでヒグマと人間の間にどのような軋轢があったのか。その軋轢を解消するために、著者は狩猟者としてどのように活動したのか——。

この手の昔話の例に漏れず、少し前の世界（北海道）には、とにかく生き物がうごめいている。ヒグマも多いし、サイズもデカイ。もちろん中には攻撃的な性格のクマもいたはずだ。

狩猟や釣り、魚突きなどの獲物関係の仲間と顔を合わせると「世界から生き物が減っている気がする」という暗い話になることが多い。新聞などでみる漁獲高も年々減り続けている。

昔の狩りの話は面白い。地球に生き物が溢れていたからではないかと思う。川が真っ黒になるほどのサケの遡上が単純にうらやましい。

現代は、我々人類が地球や地球生態系に大きな影響を及ぼす『人新世』などといわれている。このまま、人間と家畜以外の生き物が減り続けたら、狩猟者（私）にとってこの世はディストピアである。人の意のままにならない動物たちと生活圏を奪い合うくらいが、生きるのは楽しいのだ。だが、そのような光景に感情を揺さぶられる時代はもう来ないのかもしれない。

クマに襲われる最期もいいかもしれない、と先に書いた。

人を襲ったクマは人間の手によって処理される運命にある。人を襲うクセがついたクマを野放しにしておく寛容さは人間社会にはない。

私はシカを殺して悩む。悩む意味があるのかわからなくても悩む。だが、その肉を食べることがいつも私を救ってくれる。喰うために殺すという筋が通るからというのもあるが、それ以上に、肉が旨いからである。味と食感がすべてを肯定してくれる。

こんなに旨いものが「いけないもの」のはずがないと感覚が教えてくれる。

私は人が喰われる可能性がある環境に身を置くことのほうが、生き方として正しいのではないかと、狩猟を通して考えるようになった。だから私はクマに襲われて死んでもいい。ただできればクマに旨いと思って喰われたい。そして、私を襲ったクマにはうまく逃げ延びて欲しい。もし許されるなら、私がクマに喰われても、私を喰ったクマはそっとしておいてあげて欲しい。

二〇二一年五月七日（はっとり・ぶんしょう／作家）

西村武重（にしむら・たけしげ）　一八九二（明治二十五）年二月、香川県綾歌郡造田村（現まんのう町）生まれ。一八九六（明治二十九）年、四歳で北海道札幌市篠路に父と移住。一九一六（大正五）年、養老牛温泉踏破。永年ヒグマ撃ちを経験してきた。一九七二（昭和四十七）年、勲六等単光旭日章授与。一九八三（昭和五十八）年、死去。著書に『ヒグマとの戦い』『北海の狩猟者』（いずれも山と溪谷社）、『秘境知床原野とヤマベ』（釣の友社）、『養老牛の今昔』などがある

◆学歴

一九〇八（明治四十一）年三月三一日　札幌郡篠路村立尋常高等小学校卒業

◆公職歴

一九四八（昭和二十三）年八月二〇日～一九五六（昭和三十一）年八月一九日　中標津町議会議員（二期）

一九五三（昭和二十八）年五月一日～一九六六（昭和四十一）年四月三〇日　中標津町社会教育委員

一九五六（昭和三十一）年十二月一日～一九六五（昭和四十）年十一月三一日　中標津町民生委員、児童委員

一九六一（昭和三十六）年四月一日～一九六四（昭和三十九）年三月三一日　中標津町養老牛へき地保育所初代所長

一九五八（昭和三十三）年五月一日～一九七二（昭和四十七）年四月二九日　釧路保護監察所中標津分区保護司

◆民間歴

一八九六（明治二十九）年四月一日～一九一六（大正五）年八月一〇日　出生地より両親とともに石狩移住。農業を営む

一九三一（昭和六）年五月一日～一九三七（昭和十二）年九月三〇日　殖民軌道養老牛線運行組合長

一九二九（昭和四）年七月一日～一九四四（昭和十九）年八月三一日　官設養老牛駅逓所取扱人

一九三三（昭和八）年八月一日～一九三七（昭和十二）年九月一〇日　北海道温泉組合連合会理事、同養老牛支部長

一九五四（昭和二十九）年八月一日～一九五六（昭和三十一）年七月三一日　北海道山林種苗協同組合理事、同根室支部長

一九六八（昭和四十三）年四月一日～一九六九（昭和四十四年）三月三一日　北海道さけますふ化場山女魚、鮭鱒資源保護員

◆賞罰

一九三五（昭和十）年三月二九日　根室営林署長表彰（森林防火の功労）

一九六五（昭和四十）年六月二八日　根室支庁社会福祉協議会長表彰（社会福祉功労）

一九六五（昭和四十）年七月一日　中標津町長表彰（開拓功労）

一九六五（昭和四十）年十一月三〇日　中標津町長表彰（民生委員・児童委員功労）

一九六五（昭和四十）年十二月一日　北海道知事表彰（民生委員・児童委員功労）

一九六五（昭和四十）年十二月一日　法務大臣表彰（民生委員・児童委員功労）

一九六六（昭和四十一）年三月二〇日　帯広営林局長表彰（国有林野山火功労）

＊本書は、山溪新書９『ヒグマとの戦い』一九七一年四月二〇日初版第一刷を底本として再編集したものです。
＊記述内容は当時のもので、現在とは異なる場合があります。
＊今日の人権意識に照らして考えた場合、不適切と思われる語句や表現がありますが、本著作の時代背景とその文学的価値に鑑み、そのまま掲載してあります。
＊用字用語に関しては、原文の趣を損なわぬように配慮し、読みやすいように表現をかえた部分があります。

カバーデザイン　尾崎行欧、宮岡瑞樹（尾崎行欧デザイン事務所）
本文ＤＴＰ　千秋社
写真協力　西村穣
校正　鳥光信子
編集　鈴木幸成（山と溪谷社）

ヒグマとの戦い

二〇二一年七月五日　初版第一刷発行
二〇二二年九月三十日　初版第六刷発行

著　者　西村武重
発行人　川崎深雪
発行所　株式会社　山と溪谷社
郵便番号　一〇一－〇〇五一
東京都千代田区神田神保町一丁目一〇五番地
https://www.yamakei.co.jp/

■乱丁・落丁、及び内容に関するお問合せ先
山と溪谷社自動応答サービス　電話〇三－六七四四－一九〇〇
受付時間／十一時～十六時（土日、祝日を除く）
メールもご利用ください【乱丁・落丁】service@yamakei.co.jp
【内容】info@yamakei.co.jp
■書店・取次様からのご注文先
山と溪谷社受注センター　電話〇四八－四五八－三四五五
ファクス〇四八－四二一－〇五一三
■書店・取次様からのご注文以外のお問合せ先
eigyo@yamakei.co.jp

フォーマット・デザイン　岡本一宣デザイン事務所
印刷・製本　株式会社暁印刷

Printed in Japan ISBN 978-4-635-04918-4

人と自然に向き合うヤマケイ文庫

既刊

- 加藤文太郎　新編　単独行
- 山野井泰史　垂直の記憶
- 佐瀬稔　残された山靴
- ラインホルト・メスナー　ナンガ・パルバート単独行
- 大倉崇裕　生還　山岳捜査官・釜谷亮二
- 山と溪谷　田部重治選集
- 羽根田治　ドキュメント　生還
- 本多勝一　日本人の冒険と「創造的な登山」
- 新田次郎　山の歳時記
- 丸山直樹　ソロ　単独登攀者・山野井泰史
- 船木上総　凍る体　低体温症の恐怖
- 谷甲州　単独行者《アラインゲンガー》　新・加藤文太郎伝　上／下
- 佐野三治　たった一人の生還
- 植村直己　北極圏1万2000キロ
- コリン・フレッチャー　遊歩大全
- 深田久弥選集　百名山紀行　上／下
- 井上靖　穂高の月

既刊

- 白石勝彦　大イワナの滝壺
- 甲斐崎圭　山人たちの賦
- 甲斐崎圭　第十四世マタギ　松橋時幸一代記
- 田口洋美　新編　越後三面山人記
- 根深誠　白神山地マタギ伝　鈴木忠勝の生涯
- 根深誠　山棲みの記憶
- 高桑信一　タープの張り方　火の熾し方
- 山本素石　山釣り
- 戸門秀雄　溪語り・山語り
- 矢口高雄　マタギ
- 戸川幸夫・作　矢口高雄・画　野性伝説　羆風／飴色角と三本指
- 矢口高雄　ニッポン博物誌
- 宮崎弥太郎・かくまつとむ　仁淀川漁師秘伝
- 田中康弘　山怪　山人が語る不思議な話
- 田中康弘　完本　マタギ　矛盾なき労働と食文化
- 萱野茂　アイヌと神々の物語
- 湯川豊　約束の川